Gisèle Bienne

Le cavalier démonté

Médium
l'école des loisirs
11, rue de Sèvres, Paris 6e

Du même auteur à l'école des loisirs

Collection MÉDIUM

La petite maîtresse
Mon jour de grève
Les champions

Chez d'autres éditeurs

Bleu, je veux, Le Seuil, Points virgule.
Les jouets de la nuit, Gallimard, Page blanche.
L'enfant trompée, Le Seuil, Fiction jeunesse.
Rémuzor, Actes Sud
Paysages de l'insomnie, Climats
Marie-Salope, Climats.

Loi n° 49.956 du 16 juillet 1949 sur les publications destinées à la jeunesse : mars 2006
Dépôt légal : mars 2006
Imprimé en France par Bussière à Saint-Amand-Montrond
N° d'édit. : 8578. N° d'impr. : 054657/1.

Je n'ai encore rien écrit, dit Mr Roberts,
mais j'ai tout dans ma tête.
Dylan Thomas,
Portrait de l'artiste en jeune chien

... s'il te devenait possible de voir en moi autre chose qu'un fainéant de la mauvaise espèce, j'en serais bien aise. Puis si jamais je pouvais faire quelque chose pour toi, t'être utile en quelque chose, sache que je suis à ta disposition.
Vincent Van Gogh,
Lettres à Théo

1

Un homme pas comme les autres

Il faudrait que j'entre dans le bistrot. J'y suis presque.

Il faudrait, je me le suis promis. J'ai engagé un pari entre moi et moi, c'est-à-dire entre moi qui ai peur et moi qui ne veux plus avoir peur. Donc il faudrait que je quitte le couloir pour traverser la salle pleine de monde et rejoindre mon grand-père à sa table. Ce serait quelque chose que je ferais *pour la première fois de ma vie*, et ce qu'on accomplit pour la première fois de sa vie représente un événement.

J'ai jeté un coup d'œil par la porte vitrée. Il est bien là, je l'ai aperçu. Je crois qu'il me fait moins peur que l'an dernier, et beaucoup moins peur qu'avant. Il commente le journal et sa voix me parvient jusque dans le couloir. J'ai aussi aperçu

Lou, qui fait le service dans la salle. Tous les soirs à partir de 5 heures, mon grand-père s'installe à une table au fond du bistrot, près du poêle à fuel, avec trois hommes de son âge.

Si je devais énumérer tout ce que j'ai entendu à son propos, la liste serait longue ; je préfère résumer : c'est un original, un pilier de café, un mécréant, un anarchiste, un coléreux, une tête, un illuminé, un comédien, un oisif, un vaniteux, un égoïste... je ne sais plus... J'en oublie, je suis loin du compte. De toute façon, ce qu'on dit des gens n'est jamais la vérité. On exagère, on grossit le trait. On dresse d'eux un portrait-robot. Il est temps qu'au sujet de mon grand-père je me fasse mon idée. S'il venait à disparaître, nous serions restés lui et moi des étrangers, et je le regretterais un jour. Il vaut mieux éviter les remords, les « il est trop tard » et les « si j'avais su ».

J'aurais quelques questions à lui poser parce que j'ai compris qu'il n'est pas comme on me l'a décrit. Il a connu de grandes secousses, de grands chagrins et, comme il est orgueilleux – je soutiens qu'il est orgueilleux et non vaniteux –, il nous donne le change ou nous ignore. Finalement, je ne lui poserai aucune question, je vais aller le voir à sa table.

C'est risqué. Il pourrait me repousser ou me mépriser, comme il l'a fait avec mes lettres.

Quand je pense aux lettres que je lui ai écrites, je ne me sens pas à l'aise… Je ne sais pourquoi j'ai fait ça. Je lui avais dit dans ma première lettre que je lui écrivais sans en avoir averti personne, « dans le secret absolu » ; j'étais fière de cette formule et j'avais cru en son pouvoir mais elle n'a rien donné. Souvent, le courrier de mon grand-père déborde de sa boîte, s'envole dans la cour et vient s'entasser contre le mur de la remise qui abrite sa Deux-Chevaux orange décapotable. Il allume peut-être son feu avec cette paperasse. J'ai attendu qu'il me réponde. Je surveillais ses fenêtres et ses allées et venues. J'allais traîner derrière sa maison, autour de son jardin. Je déposais devant sa porte un seau plein de charbon. En guise de réponse, j'ai quelquefois vu une lueur bizarre s'allumer dans ses yeux quand nos chemins se croisaient. Ai-je bien fait de lui avoir écrit ces lettres ? Une dizaine au total que j'ai glissées une à une dans sa boîte à la tombée de la nuit, l'hiver dernier. Je ne lui en ai plus adressé depuis. La dernière que je lui ai écrite, je l'ai jetée à la poubelle avec honte et tristesse parce que mes tentatives de rapprochement avaient échoué et que je m'étais un peu livrée ; je lui avais parlé de mes goûts, de mes lectures. J'avais signé l'une d'elles de la façon suivante : « Ta petite-fille qui se sent aussi seule que toi », et il n'avait même pas craqué. Est-ce qu'il les avait seulement lues ?

Mes parents nous ont toujours tenus loin de lui, mon frère Bertrand et moi, alors qu'il habite la maison en face de la nôtre, dans la cour commune. Il m'a probablement mise avec Bertrand dans le même sac de nouilles que *tous les autres*.

C'est à cause de ses colères spectaculaires qu'il me faisait peur. Sous le coup de la colère, mon grand-père se démène comme un fou, agitant les bras, branlant du chef, marchant à grands pas, envoyant des postillons, insultant ses semblables, donnant des coups de pied aux chaises et même à ses chats, menaçant de mettre le feu à la maison.

Mon cœur se met à battre dès que je le vois.

Aujourd'hui, je pense qu'il se fâche parce que personne ne le comprend, sauf ses trois compagnons, avec qui il est en train de discuter et qui me font moins peur que lui. Quand nous nous rencontrons dans la rue, ils m'adressent un petit salut tandis que mon grand-père a l'air d'être dans la lune. Ma famille le trouve invivable. Rien ne peut plus le toucher, disent mes parents et ma grand-mère. Certains voisins racontent qu'il aurait « quelque chose qui cloche ». Moi, je me demande ce que c'est qu'un homme fou.

Des clients viennent de s'engouffrer dans le couloir, je m'aplatis contre le portemanteau. Je ne devrais pas me trouver là, mais les gens s'en fichent de ce que j'ai le droit de faire ou pas ; ils n'iront pas me dénoncer auprès de mes parents. Le café, c'est la maison de tout le monde, la maison de la liberté. On y raconte ce qu'on veut. On n'est pas non plus obligé de parler, on peut rester à rêver dans son coin.

Je fourre le nez dans la canadienne de mon grand-père, accrochée au portemanteau, et j'en tâte les poches. Elles contiennent un paquet de gauloises écrasées, un briquet, un crayon de papier et un mouchoir sale. Dans la poche intérieure, il y a deux billets chiffonnés et une boîte de lames à raser Gillette.

C'est le père de mon père, ma grand-mère l'a quitté à cause de ses colères et de ses crises. Je vais essayer de ne plus avoir peur de ses colères. Les colères ne sont que des mots, des cris et des gesticulations derrière lesquels se cachent peut-être des appels au secours ou le tempérament d'un génie, ou bien les deux.

2
Le bistrot

J'ai poussé la porte vitrée, me voici dans la salle. La buée colle aux vitres et ça sent le tabac. J'avance dans la grande allée, j'avance et j'entends mon grand-père. Je ne suis pas la seule à l'entendre, il s'est lancé dans un discours.

Il dit que l'homme a toujours eu besoin d'un chef. Besoin d'obéir à un chef, le meilleur comme le pire. Un chef, et puis un arbitre ou un juge. L'homme a besoin de ça. L'homme ne sait pas se servir de sa matière grise, c'est un mouton, une baudruche. « Allez, me dis-je, avance jusqu'à sa table ; tu verras bien… » J'ai atteint le milieu de la salle. Mon grand-père dit que les hommes sont des carpettes. Eh bien, moi, je n'en serai pas une.

Lucien, Camille et Jacques rient en se passant des pages du journal. Lucien n'y voit plus bien, il essuie les verres de ses lunettes avec un pan de sa chemise. Il approuve mon grand-père : les gouvernements sont malins et les hommes se font souvent avoir comme des puceaux.

Lucien n'a plus qu'une jambe, la droite. Il a laissé la gauche à la Première Guerre.

Camille a une drôle de bouche, c'est un trou sans lèvres. Ma mère m'a expliqué que Camille faisait partie des *gueules cassées.*

Quant à Jacques, il a perdu deux doigts à la main droite, à cette guerre également.

Mon grand-père n'a pas été blessé, son physique est intact mais il est le plus tourmenté du groupe, le seul à avoir fait la guerre *d'un bout à l'autre.*

J'avance.

Des hommes jouent aux cartes, aux dames, se montrent des articles découpés dans des revues, des prospectus. Dans la salle d'à côté, on joue au billard.

Je regarde par terre.

Je vois leurs chaussures et leurs chaussettes. Je vois la jambe de bois de Lucien qui dépasse dans l'allée, le bas des pantalons bien repassés de Camille, qui est marié. Les chaussures de mon grand-père sont éculées et n'ont pas connu le cirage depuis des lustres, ses chaussettes dépareillées tire-bouchonnent; celles de Jacques, fines et propres, protègent des chevilles minces. On raconte que Jacques est divorcé et qu'il a une maîtresse.

Lucien a pris la relève de mon grand-père:

– À quoi ça nous sert d'être sortis un jour du ventre de notre mère? demande-t-il aux autres, qui rigolent.

Mon grand-père dit:

– On ne sort de rien. Expulsés! On est expulsés.

Camille voudrait le calmer. À son avis, ce n'est plus la peine de se faire du souci: il suffit de chasser le pire, d'attraper le meilleur au vol et de le garder pour soi.

– Oui, dit Jacques, c'est ça: attrapons le meilleur au vol et conservons-le précieusement.

Je me tiens près de leur table depuis une minute au moins. C'est Jacques qui me voit en premier, puis Lucien et Camille me remarquent, et enfin mon grand-père m'aperçoit. Nous nous regardons, je suis troublée mais je ne baisse pas les yeux.

– La star qui nous rend visite, dit Camille.

On me surnomme «la star» à cause d'un rôle

que j'ai tenu avec succès dans le club théâtre de notre ville voilà deux ans.

– Je t'ai chauffé la place, marmonne mon grand-père, qui me regarde toujours.

Oui, c'est bien moi qu'il regarde, moi, sa petite-fille inconnue. Il se pousse contre Lucien :

– Cale-toi là, c'est un bon endroit.

– La place d'honneur pour la demoiselle, dit Lucien. Elle est fine comme un lézard.

Je suis stupéfaite, je ne m'attendais pas à cet accueil. Ainsi, il suffisait d'oser. Mais, si j'ai remporté une étape, je n'ai peut-être pas gagné la bataille. En tout cas, j'ai gagné mon pari avec moi-même.

Je m'assieds sur la banquette entre mon grand-père et le mur. Un ressort chatouille ma fesse gauche, une écaille en matière plastique rabote ma fesse droite.

– Un supplément pour la star ! dit Camille à Lou.

– Elle n'y a pas droit, intervient Jacques. Elle est mineure.

– Mineure de mineure, marmonne encore mon grand-père, on va alléger ça.

Lou ne sait que faire. Elle emplit un verre d'eau et y verse quelques gouttes de pastis. Jacques fronce les sourcils. J'absorbe la moitié de cette eau trouble puis réprime un petit sanglot.

– C'est un lézard en cristal, dit Camille.

– Un chagrin d'amour, peut-être? me demande Lucien, qui a de l'intuition.

Les esprits sont échauffés, la conversation reprend.

– Ah, les saligauds..., dit mon grand-père, les yeux dans le vague.

Et je devine qu'il fait allusion aux généraux de la Première Guerre mondiale, parce que ma grand-mère m'a dit qu'il en revenait sans arrêt à ce temps-là et que, dans le café de Lou, les quatre hommes se retrouvent pour en discuter.

Jacques, ancien infirmier, parle du prix de la vie. Il explique qu'on y tient tous, à cette vie, même blessés ou malades, même vieux, ou malheureux, très malheureux.

Le grand corps de Lucien a sursauté. Camille, qui s'est levé pour ôter une page au calendrier mural, estime que, jour après jour, mois après mois, année après année, ça finit par faire pour chacun d'entre eux une existence d'une durée convenable.

Lucien a un beau visage aux rides profondes et des mains aussi longues que celles de mon grand-père.

– Passe-moi ton tabac, répond-il à Camille.

Le paquet de tabac se promène sur la table. Camille, de bonne humeur, annonce que toutes les restrictions en matière de tabac sont levées pour ce soir. Ils rigolent encore.

Je n'aurais pu entendre une conversation de ce genre chez mes parents, où l'on évite les sujets embarrassants et les remarques saugrenues.

J'observe Jacques, assis en face de moi. Il boit avec modération et se regarde souvent dans la glace. Son sourire, ses yeux verts et son nœud papillon sont jolis. Je vois sa main blessée et le gant noir posé sur la table à côté de son paquet de cigarettes. C'est mon grand-père qui boit le plus, suivi de près par Lucien. Camille absorbe son vin blanc à l'aide d'une paille. Lucien bourre sa pipe, ses mains tremblent.

Ils se sont attaqués à leur sujet favori : le banquet des anciens combattants. Eux ne portent jamais leurs médailles, mon grand-père ne sait même pas où est passée la sienne. Lucien fait semblant de jouer du clairon : Tala tata… tala tata tata… tata ! Et il réclame une minute de silence.

Ils restent sérieux, les bras croisés, pendant quelques secondes, puis ils éclatent de rire, et moi aussi.

Je les ai déjà tous rencontrés en ville. Lucien était impressionnant : les yeux ronds, traînant sa haute taille et sa jambe de bois, il parlait seul, agitant un bras comme pour dégager le chemin. Sa chevelure blanche flottait au vent. Il avait cet air concentré de certains génies qui poursuivent une idée fixe. Il est souvent en compagnie de Camille, qui, un mégot collé aux lèvres, porte un béret noir et regarde par terre.

Ils se sont tus. Je frotte mes mains moites l'une contre l'autre en cherchant que dire. Ils n'ont guère entendu le son de ma voix. Coincée entre le mur et le bras de mon grand-père, j'ai ma place à défendre. La fumée de leurs cigarettes m'irrite la gorge, je me retiens de tousser et des larmes me chatouillent les paupières.

Ça repart. Les voilà qui explorent les anciens champs de bataille, et j'essaie de me les représenter en interrogeant les motifs du papier peint. Jusqu'à présent, je voyais la Première Guerre comme une guerre propre et réglo : des rangées de tranchées bien alignées, un côté allemand, un côté français, d'où les soldats tirent des coups de fusil ou envoient des grenades. De temps à autre, un obus explose. Les brancardiers ramassent les blessés, les troupes rentrent dans leurs abris et les cantiniers leur apportent de la nourriture, des cigarettes et du café chaud.

Mon grand-père s'énerve.

Il reproche à Jacques d'avoir écrit un fascicule sur le déroulement de la « Grande Guerre » dans le département sans leur en avoir touché un mot. L'ouvrage a beau être paru il y a plus de dix ans, mon grand-père enjambe en quelques secondes ces dix années et charcute son auteur. Il l'attaque de front, l'accuse de dissimulation. Et puis cette expression de « Grande Guerre » lui semble ridicule.

Jacques se lève, Camille le fait se rasseoir. Lucien renâcle à jouer son rôle d'arbitre et se contente de bouger sa jambe de bois dans l'allée, il aurait voulu arrêter le combat avant qu'il ne démarre. Maintenant, il ne lui reste qu'à s'armer de patience. Jacques esquive mon regard.

– Lou ! dit Lucien.

– Non, attends un peu, le coupe mon grand-père. Et, revenant à Jacques : Alors, quel était ton message ?

– J'ai dit ce que j'avais à dire.

– L'histoire des batailles dans le département, c'est à ça qu'elle se résume pour toi, la guerre?

– Fous-moi la paix.

– Il serait temps, dit Camille.

– Et de la guerre dans ta cervelle, continue mon grand-père, tu saurais en parler? Et de la guerre qui roupille dans nos greniers... Tiens, on va aller visiter les greniers des anciens, inventorier les carnets, les lettres, les cartes postales, ratisser les derniers trésors, douilles d'obus, boucles de ceinturon, brassards de télégraphiste, petites mandolines sculptées dans le cuivre avec, en prime, quelques cuillères, gamelles et médailles de la Sainte Vierge. Explique-toi. Tu ne t'es pas expliqué une seule fois sur tes objectifs.

Jacques enfile son gant noir et prend ses cigarettes:

– Puisque monsieur l'instituteur sait tout mieux que personne, qu'il se passe de ma compagnie! Je le salue.

Il se lève à nouveau. Camille lui demande de rester. Je voudrais le lui demander aussi et j'essaie de lui sourire.

– Tes trente pages avec leurs petits croquis archiconnus autour de la ligne du front ressemblent au compte rendu d'un militaire. Tu t'es trompé de camp, poursuit mon grand-père, nullement intimidé. Tu voulais un article et ton portrait dans le journal, et puis te féliciter devant la glace avant d'aller te coucher ? Tu n'as pas besoin de ça pour faire des touches.

– Non, approuve Camille, il n'en a pas besoin.

– Tu as peut-être du goût pour les médailles, tu fricotes peut-être avec les notables de la région, mais tu ne seras jamais des leurs. Raconte-leur plutôt comment une patte qui a perdu deux doigts arrive à tenir un stylo.

– Ne t'inquiète pas, il se sera recyclé, dit Camille, il sera passé de la droite à la gauche, ou bien il se sera trouvé une petite secrétaire qui lui aura tenu le stylo.

– Qu'est-ce que tu attends pour nous sortir ton chef-d'œuvre ? demande Jacques à mon grand-père. Les procès d'intention me dégoûtent.

– Mais il s'agit de la guerre, nom d'une pipe ! Et c'est les hommes qui l'ont faite, pas tes généraux ! À te lire, on ne devine même pas que tu l'as faite. Ça t'humilie d'avoir pataugé dans la boue et le sang ? Tu ne veux plus rien en savoir ? De la trouille qu'on avait, de la tension nerveuse qui…

– Qu'est-ce que tu veux: tu veux que j'avoue que je ne suis pas un homme de plume?

– Un homme de plume! s'esclaffe Camille.

– C'était pas des cocottes en papier qu'on recevait et qu'on envoyait, dit Lucien.

Moi, je commence à me faire de cette guerre une image qui ne coïncide plus tellement avec celle que j'avais. Je tousse fort, exprès. Mon grand-père se tourne vers moi et me regarde avec des yeux comme des billes:

– Qu'est-ce qu'elle fait ici? s'étonne-t-il en me donnant un coup de coude, et il rit avec soulagement. Vous saviez qu'elle était là?

Jacques hoche la tête.

– C'est pas un fantôme, dit Lucien, c'est un petit lézard.

– Je t'avais oubliée. Qu'est-ce que tu penses, toi?

– Je pense qu'il existe de bons bouquins mais je ne lis que des romans.

– Après tout, c'est peut-être elle qui tranchera un jour, dit mon grand-père. Voyez dans quoi elle s'est fourrée... Elle est là, dans son trou de souris, à tout écouter. Tu écoutes?

– Oui, dit Camille, qui soulève son béret, ça se

voit qu'elle écoute. Je vous dis qu'elle perçoit même les ultrasons.

– Ce n'est pas une souris, plaisante Jacques, c'est une musaraigne.

– Chez elle, ils ne savent rien. Ce sont des nouilles. Elle ne paie pas de mine, mais elle a de la ressource ; elle n'écrit pas trop mal, dit mon grand-père.

J'ai rougi à l'évocation de mes lettres restées sans réponse et je me suis demandé si une musaraigne c'était plus joli qu'une souris, le nom mis à part.

– Lou, la même chose pour tout le monde ! dit Lucien.

Nous prenons le dernier verre.

Mon second pastis est plus léger que le premier, mais c'est bon de sentir qu'on partage les mêmes idées.

– Quand elle écrit…

– Fais attention. Ne force pas sur les pastis, me recommande Jacques, empêchant mon grand-père d'en dire plus.

– Oui, quand elle écrit…

Ma main en se posant sur mon verre frôle celle de Jacques. Il me décoche un sourire en coin.

– Toi, dit mon grand-père à Jacques, tu es fort subtil, je suis sans doute passé à côté des qualités de ta plume, mais tu t'exprimes aussi très bien avec les yeux.

Tout le monde rit.

– Quand on écrit sur la guerre et à condition de ne pas se voiler la face, explique mon grand-père, on ne peut qu'accoucher d'une anomalie.

Il les regarde, s'éclaircit la voix et dit :

– Et si on s'y mettait ? Si on pondait quelque chose ensemble sur les avatars du monstre et, par voie de conséquence, sur les avatars de notre…

– De notre carcasse…, glousse Camille.

– Écrire les choses comme on les a senties, n'est-ce pas, Jacques ?

– On peut parler ensemble mais on gribouille seul, lui répond Jacques.

– Attends, on ne se prendra pas pour des hommes de lettres, nous. Et on ne se souciera pas du qu'en-dira-t-on. On tâchera seulement de tout se rappeler, de tout noter à la vitesse du cerveau. La vitesse, c'est ça qui compte ! Si on commence à réfléchir et à lambiner, on se raccroche à de vieilles badernes.

– Tu ne pourras jamais le suivre, ton cerveau, et tu ne pourras pas tout te rappeler, dit Lucien.

– Fabrique donc ton bouquin avec un Allemand, propose Camille.

– Pourquoi pas? On l'écrirait dans les deux langues, *deutsch-französich*. L'Allemand et le Français composant ensemble une ode à la gloire de leurs armées respectives.

– Ce qu'il nous faudrait, c'est une pièce de théâtre comique, dit Lucien, une bonne farce.

– Vous voulez du comique? Écoutez ça: les cheveux, tu les coupes, ça repousse. Les ongles, tu les ronges, ça repousse. La barbe, tu la rases, ça repousse. Une patte, on te la coupe, ça ne repousse pas. Cinquante ans après, c'est toujours pareil. Tu as perdu ta patte à la guerre, et la guerre est aux oubliettes. Toi, Jacques, dans tes trente pages impeccables, tu ne donnes jamais la parole à tes camarades. Tu racontes l'histoire des batailles dans l'ordre. Je voudrais qu'on me dise ce que la guerre a fait de nous, quarante-trois ans après... bientôt un demi-siècle.

Camille hausse les épaules:

– Ce qu'elle a fait de nous, la guerre? Elle nous a fait avaler le feu pour aller au feu, et nous voilà chez Lou à passer des commandes. On aurait dû tenir le journal de nos consommations, il y en aurait plusieurs volumes. Lou pourrait nous rafraîchir la mémoire. Qu'est-ce qu'on avalait il y a dix, vingt, trente ans, à l'époque de la mère de Lou ? La fortune qu'on y a laissée… Les petits ballons de rouge, de blanc, de rosé, les blagues qu'on a débitées… C'est noté quelque part ? Il existe des registres ? Jacques aurait de quoi faire une nouvelle version de son bouquin.

La nuit est tombée. Je me sens bien dans le café, je ne souhaite pas en bouger. J'écoute les quatre hommes ; ils sont gais ou graves et ils ont de l'humour. Je regarde les verres sur le bois verni, les mégots dans les cendriers, le journal froissé, le poêle, le calendrier et la pendule. Je devrais être rentrée, mes parents vont s'inquiéter.

– Oui, dit Camille en passant la main sur son nez aplati et son étrange bouche, penser à ces moments-là en buvant un verre, d'accord, mais s'y arrêter, comme tu le proposes, Félicien, ça non. Parler, ce n'est pas désagréable, mais écrire, ça te coupe le plaisir, c'est comme poser des barreaux à des fenêtres. Et moi, ce n'est pas le stylo que j'ai tenu, c'est la pelle et la truelle.

Il se gratte la tête à travers son béret parce qu'il a de l'eczéma sur le haut du front.

– La star pourrait faire le scribe, dit Lucien.

– Oui, dit Jacques, elle a sans doute beaucoup de style et une bonne orthographe.

– Elle n'aura qu'à improviser pour moi, propose Camille.

– À choisir, je lui raconterais plutôt mes amours d'unijambiste, raille Lucien.

Il rit sèchement et passe sa langue sur ses lèvres fendillées.

Mon grand-père, l'air abattu, regarde fixement le plancher et, pressé d'en finir, oubliant ses douleurs aux genoux, se lève d'un bond.

On dégage la table pour Lucien. Lou lui apporte sa canne puis elle empoche les billets avec la monnaie. Camille s'est tourné vers le calendrier qu'il a mis à jour : nous sommes le 19 novembre 1964.

– Vas-y, m'ordonne mon grand-père.

J'ai un mouvement pour l'embrasser.

– Ne te fais pas pincer, me dit-il en se détournant.

Il revient sur ses pas et me donne rendez-vous pour le jeudi suivant, à trois heures moins le quart, derrière sa maison, côté jardin. Les autres n'en croient pas plus que moi leurs oreilles.

– Arrange-toi comme tu peux, dit-il encore.

Jacques me serre la main. Cet homme a du charme, ai-je pensé en le quittant, et mon grand-père n'est qu'un paquet de nerfs. Les quatre hommes s'en vont ensemble. Ils se disputent, se fâchent, mais ils sont inséparables. C'est sûrement ça, l'amitié.

Rentrée à la maison, je monte l'escalier qui mène à ma chambre ; j'ai peur de sentir l'alcool et le tabac, et je m'asperge d'eau de Cologne.

– Lucile ?

– J'arrive !

– Lucile, tu as oublié l'heure, dit ma mère.

La première personne que je dois détromper, c'est elle. Elle m'a déjà dit, lorsque je lui tenais tête, que j'avais le caractère de mon grand-père. Si on m'interroge, mon scénario est prêt : je faisais mes exercices d'allemand et d'anglais chez Nathalie, sa mère nous aide en anglais et son père en allemand ; il me reste le français. Les profs nous saturent de devoirs et nos contrôles tombent tous en même temps. En seconde, ça ne plaisante plus. Je crois que ma mère est loin de se douter que je sors du bistrot. J'y retournerai et mes parents ne le sauront pas, ils ne le sauront jamais, parce que, premièrement, je ne fais rien de mal, et que, deuxièmement, ça m'appartient, ça fait partie de ma vie strictement personnelle.

Je reviens dans la cuisine et mange sans poser les coudes sur la table ni lever le nez. Mes parents écoutent les informations. Après avoir débarrassé la table en vitesse et embrassé mon petit frère, je repars dans ma chambre et me mets à une explication d'un passage de *Phèdre*. Je lis deux fois l'extrait pour en faire le plan et donner un titre aux différentes parties. On passe beaucoup de temps, dans ces tragédies, à reconnaître et déclamer son trouble, puis à s'en défendre, à se déchirer, se maudire pour en arriver à la vengeance finale. La guerre des cœurs, ce n'est pas joli non plus... Ça finit par ressembler à une énorme comédie. J'excelle à décortiquer les sentiments des humains, à rendre compte de leurs souffrances ou de leurs joies. Moi, en public, je me comporte plutôt à l'inverse de *Phèdre*: si j'ai du chagrin, je ne le manifeste pas; je fais une virevolte accompagnée d'un sourire. Le chagrin, c'est intime, ça ne s'exhibe pas. Mon ancien ami Michaël a pu s'en rendre compte quand nous nous sommes séparés le mois dernier et que j'ai souhaité une rupture franche, sans éclats ni scènes; juste une profonde piqûre au cœur, puis d'autres petites piqûres qui se font sentir de temps en temps.

J'analyse donc le texte avec minutie – je prends beaucoup de plaisir à expliquer les textes que nous étudions en classe, quel que soit leur genre. Enfin, puisqu'on nous y invite, je fais de ce passage un bref commentaire personnel où je me déclare hostile à la passion et en appelle au discernement. Je ne crains pas de «forcer la note», comme on dit avec Nathalie quand on défend nos idées devant nos camarades. Par exemple, j'affirme que la princesse de Clèves n'a pas eu tort de renoncer à sa flamme pour le duc de Nemours, elle l'a sauvé du désenchantement, sauvé de l'usure, quitte à en mourir (je n'ai lu qu'un résumé concernant l'histoire de cette princesse). J'ai hâte qu'on en vienne à l'étude de textes plus philosophiques. L'esprit de mon grand-père doit déteindre sur moi.

Je ferme mon cahier, me couche et réfléchis.

3
Le no man's land

Il conduit au milieu de la route, à cheval sur la bande jaune. La Deux-Chevaux orange, avec ses portes disjointes, ses clignotants défectueux, ses pneus lisses et son chauffage en panne, laisse passer les courants d'air. Des automobilistes nous klaxonnent, mon grand-père les ignore. Je reçois la fumée et la cendre de sa cigarette en plein visage.

Il y a des traces de givre sur le talus, et partout sur les champs tombe la lumière froide du soleil.

– On va où ?

– Tu verras la terre autrement, me répond mon grand-père. Tu la verras de près.

Je dis :

– On va vers la neige, vers la glace, vers le cercle polaire. On va vers la banquise.

Entre Reims et Châlons, après Beaumont-sur-

Vesle, nous bifurquons et prenons une route qui mène vers Sainte-Menehould en Argonne.

– Nous sommes sur la voie Romaine, dit mon grand-père.

Je ne vois qu'un sol gelé et j'entends le vent du nord. Les chemins de craie sont déserts et le ciel est d'un bleu parfait.

Mon grand-père scrute la plaine.

Quelquefois, du menton ou de l'index, il me désigne une buse ou un épervier immobiles au sommet d'un piquet. *Voir la terre autrement*... Je ne me suis jamais demandé de quelle façon on pouvait voir la terre. J'en aime les arbres qui, dans cette immensité monotone, ont l'air de rescapés. J'ai encore menti à ma mère en me servant de mon amie Nathalie. Pour elle, mon grand-père est un déclassé qui a fui ses responsabilités, un beau parleur et un buveur qui sème la pagaille. Dans la Deux-Chevaux orange, nous ressemblons lui et moi à deux suspects en cavale, et j'en suis heureuse.

J'écoute la chanson du vent.

C'est la chanson de la solitude et du temps qui passe. C'est une chanson mélancolique, belle et envoûtante. À force d'écouter le vent, j'ai envie de mêler ma voix à la sienne et, doucement, je récite des vers que je viens d'apprendre au lycée et dont la musique m'a plu :

... Cette vie aura passé comme un grand château triste que tous les vents traversent / Les courants d'air claquent les portes et pourtant aucune chambre n'est fermée...

Il me semble que mon grand-père tend l'oreille, alors je continue :

– *Dans cette demeure en tout cas anciens ou nouveaux nous ne sommes pas chez nous / Personne à coup sûr ne sait ce qui le mène ici / tout peut-être n'est qu'un songe...*

– Louis Aragon, dit mon grand-père.

– Oui.

– Qu'est-ce qui t'arrive ?

– Rien.

– Tu sais où je t'emmène ?

– Non.

– Dans un endroit que plusieurs poètes ont connu : Aragon, justement, et Apollinaire, et Cendrars. Ils y ont fait la guerre. Et tu me récites ça !

Je pense que, si je lui avais parlé, il ne m'aurait pas écoutée ; alors qu'un poème...

– C'est à cause de ce pays, dis-je, à cause du vent dans la plaine.

– Je ne comprends pas, dit encore mon grand-père, on aurait dit que tu savais.

Nous faisons halte dans une auberge et je me vois dans une glace : je suis pâle, mes cheveux bruns tombent sur mes épaules, mes lèvres sont rouges. J'avale un chocolat chaud au bar ; mon grand-père un verre de blanc. Il m'observe dans la glace et nous repartons.

J'ai l'impression que nous ne parviendrons jamais quelque part.

Bercée par le roulis de la Deux-Chevaux, je récite à voix basse :

Quand j'étais jeune on me racontait que
bientôt viendrait la victoire des anges /
Ah comme j'y ai cru comme j'y ai cru puis
voilà que je suis devenu vieux...

– Qu'est-ce que tu as ? me demande mon grand-père, et son coude frôle mon bras. Hein, la star ?

– Rien.

– Aragon est un tricheur. Il aime tromper son monde. Tu le sais ?

– Non, dis-je, je vois seulement qu'il court après son cœur parce qu'il l'a perdu.

– Perdu ?

– Oui. Ça sonne comme ça dans son poème. Il

a perdu son cœur, comme toi, et comme tous ceux qui l'ont faite.

– Quoi donc ?

– Cette guerre.

Il garde le silence. Le chocolat m'a un peu réconfortée, j'ai moins froid.

Des corneilles tournoient au-dessus d'un champ, des mouettes suivent les socs d'une charrue. La terre fendue luit sous le soleil, tantôt fauve, tantôt grise ou presque blanche – une ondoyante surface de poudre et de soie. Nous passons devant la ferme des Marquises, devant les fermes de Moscou et de Constantine qui ont été détruites pendant la Grande Guerre, puis reconstruites.

Mon grand-père arrête la Deux-Chevaux en face d'une cour où se dresse un pigeonnier et au fond de laquelle un homme pousse une brouette. Sur son mur d'enceinte, je déchiffre une inscription : « Ferme des Wacques ».

Cette ferme me semble un îlot habité et perdu en plein *no man's land*.

– Tu ne t'en rends pas compte, me dit mon grand-père, mais nous sommes sur la ligne de l'ancien front. Ici, c'était partout des tranchées, des arbres déchiquetés, des villages en ruine…

Il me montre un tas de ferraille en bordure d'un fossé.

– Un immigrant calabrais a fait fortune après la guerre, avec ça.

– Avec quoi ?

– Avec ces morceaux de cuivre qui remontent du sol. Il a fouillé le sol de la région et en a extrait avec sa femme et ses enfants plus de vingt tonnes de cuivre. Et cette terre blanche, quand elle est détrempée, colle à tes semelles comme du ciment.

Les traces de la guerre, mon grand-père Félicien les déchiffre partout.

Il cherche la ferme de Navarin.

Nous faisons demi-tour.

Quand mes parents me parlent de la guerre, ce n'est pas de la Première mais de la Deuxième, pendant laquelle ils ont mangé des topinambours et des rutabagas, du pain gris ou noir, bu de l'orge torréfiée en guise de café ou de la chicorée. Ma mère, s'il m'arrive de bouder la nourriture, y revient automatiquement, à ses topinambours et à ses rutabagas ; et au pain noir lorsque je ne finis pas mon pain blanc.

Nous sommes toujours en Champagne, dans le

département de la Marne, et nous tournons en rond dans le canevas des petites routes qui desservent des villages et des fermes isolés.

– Là-bas, normalement, c'est la ferme de Navarin, plus loin, c'est Valmy, en Argonne.

J'essaie de me rappeler l'histoire des grandes batailles, celle du Chemin des Dames, par exemple, mais je n'y connais pas grand-chose.

– Et plus loin encore… devine.

– Je ne vois pas, dis-je.

– C'est Verdun.

Nous longeons des cimetières militaires.

Leurs tombes me frappent : nombreuses, serrées, réduites à une croix, elles respectent dos à dos un alignement rigoureux. Croix blanches, croix noires – croix des vaincus et des vainqueurs –, stèles des musulmans et des juifs. Bois, pierre, béton. Noms, prénoms et dates. Leurs lignes de fuite convergent vers le ciel vide. Je ne les ai jamais vues d'aussi près. Je n'en ai jamais vu autant ; des champs de croix, plusieurs champs. C'est propre, symétrique, net, calme. C'est hallucinant.

Au pied de quelques croix, je remarque qu'on a déposé des chrysanthèmes.

Mon grand-père dit que les morts habitent la

plaine, que nous roulons sur eux. Il dit que la patrie s'est moquée de tous ces garçons tombés ici. C'est un étrange bout du monde.

Il gare la voiture sous un noyer.

Nous faisons quelques pas, puis il me lâche brusquement, franchit un talus et s'enfonce dans la plaine.

Je me suis arrêtée au milieu d'un champ. Je me retourne et je considère la Deux-Chevaux orange. J'ai envie d'aller m'y réfugier, envie qu'on roule la journée durant, la nuit durant ; et peu importerait la destination pourvu qu'on ne revienne pas en arrière.

Mon grand-père continue d'avancer je ne sais vers quoi, on ne discerne aucune ferme à l'horizon mais voici qu'il m'appelle.

Je l'ai rejoint.

Il se tient au bord d'une route à côté d'un panneau indicateur. J'en lis l'inscription :

ICI FUT LA FERME DE NAVARIN

Ce que mon grand-père cherchait ne correspond pas du tout à ce que j'attendais. Ce qu'il cherchait est contenu dans le cadre étroit d'une pancarte, lettres noires sur fond crème.

ICI FUT...

Drôle de passé simple.

Ici fut.

Ici a été.

Ici n'est plus.

Ici ne sera plus la ferme de Navarin.

Mon grand-père touche le panneau puis s'en détourne et il y a quelques secousses dans ses omoplates.

Il revient près du panneau, que je touche à mon tour.

– Ici, en septembre 1915, me dit-il, le poète Blaise Cendrars a perdu le bras droit, et ici, à la même époque, Lucien a perdu sa jambe gauche. Ceux qui ont fait Navarin se sont retrouvés pour la plupart en pièces détachées.

– Lucien ?

– Oui.

– Qu'est-ce qu'il a fait, après ?

– Le commerce que tenait son père a fermé. Il a connu des années difficiles, puis il a aidé sa sœur dans sa petite boutique de fleuriste.

La silhouette de mon grand-père se dresse contre le ciel, sur le site d'une ferme qui a été totalement soufflée et que ses habitants n'ont pas reconstruite. On dirait un grand pin solitaire.

De l'autre côté de la route, un ossuaire impressionnant renferme les restes de milliers d'hommes tués pendant l'offensive de Champagne et dont les corps n'ont pu être identifiés. La bataille elle-même a fait, selon les estimations militaires, 140 000 morts.

Ici n'est plus la ferme de Navarin.

Ici s'élève l'ossuaire de cette «offensive» destinée à percer le front et préparée par Joffre à l'automne 1915. Au sommet du monument, plantés haut dans le ciel et tournés vers nous, surgissent trois soldats : un fantassin brandissant un fusil à baïonnette, un deuxième fantassin s'apprêtant à lancer une grenade, un troisième déplaçant une mitrailleuse. Derrière eux un nuage charbonne, comme provoqué par l'explosion d'un obus qui, sur le terrain, les aurait fait se jeter à terre, sursauter, appeler au secours, se palper les membres ou se tordre de douleur, mais ce n'est pas ainsi qu'on nous les montre. Je n'arrive pas à les regarder longtemps parce que j'en attrape la chair de poule.

Autour du monument, la terre restée en friche porte les marques de la guerre : tranchées, trous et cratères d'obus, ornières, morceaux de barbelés, quelques tombes d'officiers abandonnées, celle d'un capitaine portant une plaque où sont gravés son nom, son grade et son âge. Dans les broussailles, entre deux buissons, je reconnais un casque de soldat. Je le ramasse, le tiens dans mes mains… J'ai l'impression de tenir la tête d'un homme dans mes mains. Troué, rouillé, je voudrais qu'on emporte le casque avec nous.

– Pour en faire quoi? me demande mon grand-père.

Je ne sais que répondre. Je dis:

– J'ai envie qu'on le garde. On le laisserait dans ta voiture.

– Non, ça doit rester ici. Il y a des gens qui collectionnent ces choses, qui se fabriquent leur petit musée tout le long du front, moi, je ne suis pas d'accord. Laisse ce casque où tu l'as trouvé.

Mon grand-père explore la friche. Je retourne à la voiture et cours à travers champs comme si je cherchais à opérer une percée. Je cours en donnant des coups de poing dans le vide. Le vent siffle à mes oreilles.

«Quand tu es pris dans une bataille, me dis-je,

comme celle de la ferme de Navarin, tu dois tuer ou être tué. Mais de tuer ne t'empêche pas d'être tué. » Et que sais-je de la guerre, moi qui, comme le disent parfois mes parents, n'en ai connu aucune ?

Je cours. Je suis en train de traverser ma propre vie. Quand je serai arrivée à la Deux-Chevaux, j'aurai parcouru la plus grande partie de ma route, j'aurai soixante-quinze ans, je serai à la veille de mourir. Ma vie ne durera pas plus longtemps que cette course à travers un ancien champ de bataille, pas plus longtemps que le refrain d'une chanson, que deux ou trois coups de vent ; et hop ! tout sera emporté.

Je saute par-dessus les restes de la guerre. La guerre est passée par là et je passe à mon tour, mais *avant* je veux rejoindre les autres… Je ne veux pas courir seule. Je cours et des larmes jaillissent de mes paupières ; c'est le froid, c'est le vent.

Je m'arrête, m'essuie les yeux et regarde autour de moi : terres à nu, corneilles qui criaillent, sautillement et envol des oiseaux.

Je reprends ma course.

Je passe d'un champ à l'autre, aspirant l'air vif. Le vent me fouette les jambes, j'ai l'impression de franchir des murs invisibles, comme si je traversais les couches du temps, mais d'autres couches se reforment et m'emprisonnent. *Tout peut-être n'est qu'un songe...*

Je ne veux pas rêver ma vie, je veux la vivre.

Je ne veux pas mourir, jamais, jamais !

Je veux me sentir exister.

Je veux passer à travers les murs, vivre avec force, courir vers des amis, vers des gens souriants, vers le soleil ; atteindre un pays merveilleux.

J'ai peur.

La terre est peuplée de garçons jeunes qui ont été pulvérisés par les obus, énorme pitance engloutie par l'ogre de la guerre, digérée ou vomie par les champs. Si rien de nous ne subsiste après la mort, si notre mort elle-même nous est volée, à quoi cela nous a-t-il servi d'être sortis un jour du ventre de notre mère, comme ils le disaient chez Lou ?

Je bute contre un caillou, je tombe.

Assise par terre, je vois le soleil tout seul dans le ciel bleu, la lumière, la terre fluide, le ciel, les pins échevelés, les tombes, les chemins de craie éblouissants.

Je me relève et je comprends que, condamnée à l'horreur, j'essaierais de vivre encore, mais ce ne serait plus pareil. On aurait cassé mon élan, brisé ma joie. On m'aurait coupé les ailes.

J'ai retrouvé la Deux-Chevaux.

Mon grand-père revient à petits pas, épaules voûtées, souffle court. Il est content de sa visite à la ferme de Navarin et me confie que la pancarte lui cause toujours beaucoup d'effet. Je ne lui dis pas que sur moi aussi elle a produit une grande impression.

– Nous allons boire un verre pour nous réchauffer, dit-il.

Bonne proposition. Nous roulons vers le village de Suippes en longeant le camp militaire et croisons une file de camions recouverts de branchages.

– Tenue de camouflage. Ils font des manœuvres. Ce n'est pas un endroit drôle.

Le camp est immense, tracé de pistes entre lesquelles poussent des genévriers, des chênes nains, des cytises et des églantiers ; la végétation d'avant les grands champs.

– La terre par ici, dit mon grand-père, n'a été qu'une immense excavation.

Et il évoque les villages disparus à jamais, englobés dans le camp militaire interdit au public et dont il ne reste que quelques maigres ruines : Hurlus, Tahure, Le Mesnil-lès-Hurlus, Perthes-lès-Hurlus, Ripont.

Je répète :

– Tahure, Hurlus…

– En 1913, un an avant la guerre, Cendrars a écrit un poème qui me plaît, dit mon grand-père. Je vais essayer de t'en retrouver le début.

Il réfléchit quelques instants.

– C'est en train de me revenir… Ça s'appelle *Prose du Transsibérien et de la petite Jehanne de France*. Voilà…

Et il récite :

En ce temps-là j'étais en mon adolescence /
J'avais à peine seize ans et je ne me souvenais
déjà plus de mon enfance /
J'étais à Moscou, dans la ville des mille
et trois clochers et des sept gares /
Et je n'avais pas assez des sept gares
et des mille et trois tours /
Car mon adolescence était si ardente
et si folle…

L'ombre d'un nuage suivie de celle d'un oiseau a glissé sur les champs. On dirait que le ciel nous regarde.

– C'est beau, dis-je, et le titre me plaît.

– Le jeune Cendrars, continue mon grand-père, avait de l'oreille, de l'appétit et des jambes. Le vieux Cendrars, lui, buvait et bonimentait bien. Avec le bras qui lui restait, il faisait des tas d'acrobaties. Il avait beaucoup bourlingué et te taillait une histoire sur mesure. Enfin, il s'est débrouillé comme il a pu… Ses hommes, pendant la guerre, recevaient chaque soir la visite d'un hérisson qui vidait leur verre de vin. Le hérisson en est mort. Cendrars, qui aurait pu faire un bon chirurgien, lui a ouvert le ventre et a diagnostiqué une cirrhose du foie. Est-ce que tu le sais ? Cendrars est mort en janvier de cette année.

– Et Apollinaire ?

– Apollinaire est mort il y a longtemps, en novembre 1918, mais pas directement de sa blessure à la tête, de la grippe espagnole. Quant à Aragon, il est toujours là, pommadé, adulé, et il pousse toujours sa romance.

J'écoute mon grand-père, qui possède une bibliothèque, connaît par cœur des poèmes, et je ne le trouve pas fou du tout.

Je l'écoute et je me rappelle son projet d'écrire un ouvrage avec Jacques, Lucien, et Camille. « Du délire », diraient mes parents ; moi, au contraire, je pense qu'il s'agit d'un projet important pour lequel il emmagasine des notes. Mais il est très nerveux et se fatigue vite. Peut-être ne parvient-il à écrire qu'en parlant à son verre de vin, à ses chats et aux trois autres, chez Lou. Peut-être n'écrit-il que dans sa tête. Et les trois autres le savent, tout le monde autour de moi le sait. Quand même je le saurais, je ne pourrais m'empêcher de croire à son projet.

Nous nous arrêtons dans un bar-épicerie à Suippes. Mon grand-père achète un paquet de biscuits à la cuillère et commande une bouteille de vin rouge. La serveuse n'est guère aimable, elle n'a pas répondu à mon salut.

Nous sommes assis près de la fenêtre. Mon grand-père n'a même pas pensé à demander pour moi une limonade.

Je trempe un biscuit dans mon verre. Il s'allume une cigarette. Avec sa moustache légèrement tombante, ses yeux sombres et obliques, il ressemble à un vieux Mongol descendu de ses hauts plateaux et qui, comme cavalier, a dû faire preuve de l'énergie des Huns, mais il ne possède pas un gramme de leur légendaire cruauté. Mon biscuit se casse et tombe au fond de mon verre.

Mon grand-père me demande si c'est bon.

– Oui.

Et, à cause de cette question inattendue, j'ai envie de pleurer.

Les rideaux remuent sous les assauts du vent. La chaleur, l'ambiance du café de Lou nous manquent. Avec ses clients, Lou manifeste une patience d'ange ; et puis elle est jolie et serviable.

Mon grand-père dit :

– Tu ne peux pas te rendre compte…

Je lui fais signe que non.

– Il y en a un qui a essayé de rendre compte de ça, et qui, à mon avis, y est arrivé, un Allemand qui a fait la guerre dans le coin, puis dans la Somme. Mais il n'y est pas arrivé avec des mots. Avec les mots, on ne peut pas. C'est un graveur et un peintre. Otto Dix, ça te dit quelque chose ?

– Non.

– Il a gravé *Des morts près de Tahure*, des *Soldats ensevelis en Champagne*, *L'Avancée des mitrailleuses*. Il a gravé un *Blessé en fuite*, *Les « Endormis » du Fort de Vaux* : les « endormis », ce sont les soldats morts par les gaz.

Mon grand-père fume avec concentration. Son regard s'est perdu dans une lointaine brume d'où émergent visions et souvenirs.

– Il a gravé un *Trou d'obus avec fleurs, près de*

Reims, et la *Rencontre avec un fou*. Il a gravé une cinquantaine d'eaux-fortes. On dirait du Goya.

Je n'ose pas lui avouer mon ignorance.

– Bon, il faudrait qu'on se mette en route.

Nous quittons le café et roulons dans la plaine.

La terre a perdu son éclat. Le ciel s'est couvert et a pris la couleur du zinc. Il neigera bientôt. J'aimerais voir avec lui la plaine couverte de neige. J'aimerais que notre voyage ne finisse jamais, rouler une nuit complète auprès de lui, passer une frontière. Rouler en sa compagnie me donne un grand sentiment de liberté. Quand nous arrivons, mon grand-père me glisse à l'oreille :

– Pas un mot là-dessus. On remettra ça. Je te ferai signe un de ces jours.

Je le regarde : nous revenons d'un pays où le vent gémit ou pleure toute l'année, un lointain pays qui pourtant se situe presque aux portes de notre ville, nous revenons de chez les morts, et c'est une escapade inoubliable, un grand chapitre d'Histoire. Maintenant, je suppose que mon grand-père doit davantage tenir à moi, que je ne suis plus une inconnue pour lui.

Ma mère est occupée au salon. Elle s'est fait livrer un canapé et en discute avec mon père. Je rejoins Bertrand dans sa chambre. Il me tend son cartable avec fierté. Je range sa trousse, je nettoie son ardoise et trie ses dessins, que je trouve très beaux. Il a grimpé sur mes genoux et frotte sa tête contre ma mince poitrine. Il est à l'âge où l'on commence à séduire et tyranniser les gens. Il me parle mais je ne l'écoute que d'une oreille.

Nous descendons pour le dîner. J'ai mal à la tête. J'avale la nourriture sans la mâcher et ne regarde personne. Pendant que notre maison se modernise, moi je découvre le passé de mon grand-père et de ses amis. Bertrand voudrait me parler, mais c'est l'heure des informations; fâché, il m'envoie un coup de pied sous la table. Lorsque je quitte la cuisine, mes parents sont en grande conversation. Je dis bonsoir à tout le monde et me mets au lit. Les yeux ouverts dans le noir, je refais le voyage de cet après-midi, je revois tout, tout…

4
L'instituteur...

Je surveille chaque jour les fenêtres de mon grand-père et cherche à reconnaître son ombre derrière les carreaux. Il est vraiment *à part*; il ne se soucie ni des fêtes religieuses, ni des fêtes républicaines et il ne m'a jamais parlé de mes études.

Au lycée, je ne travaille plus que les matières qui m'intéressent. Je me suis fait du «génie» une idée spéciale: être nulle dans certaines matières et surdouée dans quelques autres, voilà où, avec deux ou trois camarades, je place maintenant le génie. Nous nous aidons dans nos devoirs et nous aimons piéger nos professeurs face à la classe. Nous apprenons des poèmes qui ne figurent pas au programme et les récitons pendant les récréations. Les cours d'histoire et de dessin me plaisent. J'ai déjà lu tout mon manuel d'histoire.

Un soir, trois semaines environ après notre excursion à la ferme de Navarin, alors que je nourris ses chats derrière sa remise, mon grand-père me fait entrer chez lui par la porte de derrière. Tous les chats du quartier aiment rôder autour de sa maison mais deux seulement, un noir et un blanc, ont le droit d'y pénétrer. Voici que je jouis de la même faveur qu'eux. À l'époque où ma grand-mère n'avait pas complètement quitté mon grand-père, elle nous invitait parfois à leur table. Rien n'a beaucoup changé, pourtant tout me semble différent. Je reste debout près de la porte à regarder le poêle qui charbonne et la fumée qui s'en échappe. Mon grand-père met à chauffer du vin dans une casserole, pose deux verres sur la table et me désigne une chaise.

Je m'assieds. Il remplit nos verres et, tout à coup, il me parle.

Il m'explique qu'il n'a pas supporté de retrouver ses élèves au lendemain de la Première Guerre : renouer avec les enfants, leur apprendre à lire, à écrire, leur enseigner l'histoire de France et la morale, il ne le pouvait plus. Les cahiers à corriger, le programme à respecter, les inspections à subir, il ne le supportait pas davantage. Il réussissait à tenir trois à quatre semaines et s'arrêtait les jours suivants. Au bout de deux années d'un tel régime, il avait craqué ; sa première dépression datait de cette époque. Pendant la guerre elle-même, il avait tenté de tenir, jour après jour, et même heure après heure. Il lui fallait apprendre à déjouer le danger, à considérer l'horreur comme un cauchemar qui cesserait bientôt. Mais, une fois la paix revenue, ce n'était plus pareil.

– Mes nerfs étaient à vif. J'étais constamment sur la sellette, me dit-il.

Assise à côté de lui, je l'écoute en me réchauffant les mains contre le verre de vin doux.

– Passer le seuil de ma classe pour écrire sur le tableau me coupait les jambes. Je me voyais faire, je me voyais imiter un acteur tombé en disgrâce. Imagine-toi que j'étais devenu aphone.

Il essaie de rire puis se tait.

Deux portes donnent dans sa grande salle : celle de sa chambre et la porte d'une autre pièce, plus petite, où s'entassent sur quelques étagères des livres et des dossiers ; je ne me rappelle pas y avoir pénétré. Le chat blanc est monté sur mes genoux. Le chat noir, lui, suit notre conversation installé sur le buffet.

Mon grand-père relève la tête :

– C'était comme ça.

– Oui.

Il serre son verre dans sa main qui ne porte plus d'alliance. Dehors, quelques flocons de neige papillonnent.

– Tu ne sais pas à quelle école on nous a formés avant la guerre, nous, les jeunes instituteurs. L'histoire, l'instruction civique, la morale, on ne chahutait pas avec ça. Puis il y a eu Jaurès, qui a été assassiné à la veille de la guerre par un Rémois.

Il repousse son verre et allume une cigarette.

– Jaurès…, répète-t-il. Ça te dit quelque chose ?

– Un peu.

La lumière de l'abat-jour frappe la table, des toiles d'araignée garnissent le plafond, des auréoles d'humidité ornent le papier des murs et les deux chats ronronnent.

– Tu n'avais pas tout perdu, dis-je. Tu avais retrouvé ta maison et ta région en bon état.

– Oui, c'était mieux que rien. Mais au fond… tu ne retrouves pas grand-chose. Les impressions liées au pays s'étaient volatilisées entre-temps.

Je l'interroge :

– Ta femme ?

– Ma femme… eh bien, je n'ai jamais eu envie de la quitter. Je ne sais pas ce qui s'est passé. Je crois que je lui ai fait peur. Je crois qu'à certains moments je l'ai même épouvantée.

Nous écoutons le tic-tac de l'horloge. Puis mon grand-père, croisant les bras, me demande ce qui compte pour moi dans l'avenir ; la fumée de sa cigarette posée dans le cendrier monte droit jusqu'au plafond.

Sans hésiter, je réponds :

– Exercer un métier intéressant et voter.

J'entends un rire cinglant.

– Voter ?

– Mais… oui.

– C'est là ton rêve ?

Il rit encore.

– Tu ne sais pas ce que tu dis. Et tu ne le sauras pas avant longtemps. Le poids de ta voix dans l'urne, c'est de la rigolade, petite cruche !

– Je suis libre de m'exprimer, non ?

– Essaie de comprendre. Tu n'avanceras pas si tu rêves d'endosser les rôles minables qu'on te proposera par-ci par-là. Des rôles de larbin.

Il va chercher la bouteille de mirabelle et les verres à liqueur dans le placard. Il me provoque comme il provoquait Jacques au café. Sur les verres à liqueur, il y a des oiseaux qui ressemblent à des mésanges.

– Qu'est-ce que tu trouves à répondre ?

– Avec ça, tout ira plus vite, dis-je ironiquement.

Et je lui montre la bouteille d'eau-de-vie.

– Avec quoi ?

– Avec ça, je pourrais croire que je comprends tout sans bouger de ma chaise.

Je regarde les reflets bleutés des oiseaux, leur petit bec ouvert.

– Que tu votes, passe encore, mais que ce soit pour toi la chose la plus importante, c'est sidérant. Réfléchis une seconde, espèce de gourde !

Je secoue la tête. Il oublie mon âge, ne se met pas à ma place.

– Ce sont des ignorants, poursuit-il. Ils courent tous après un soleil artificiel et se gavent de pilules dès qu'une mouche les pique. Ils crient avant d'avoir mal, et ils préfèrent avoir tort tous ensemble plutôt que raison tout seuls. Méfie-toi : les hommes achèteront ta pensée quand tu croiras te l'être forgée et tu iras répétant n'importe quoi.

– Je ne peux tout de même pas aller droit au néant, dis-je, sans bien comprendre ma réponse.

Par moments, lorsqu'il me parle, j'éprouve à nouveau de la peur.

Il m'interroge au sujet de l'avenir et se moque de mes idées. Il m'oblige à me constituer une personnalité à sa convenance, si bien que j'aimerais me soustraire à ses questions. Les joues, les oreilles me brûlent. Les yeux de mon grand-père scintillent sous leur voile humide.

– Ah, les crétins, les imbéciles… Ah, ils sont bien tous pareils…

Il va jeter une pelletée de boulets de charbon dans son poêle puis marche dans la pièce en traînant la savate.

Il passe devant les fenêtres, fait des gestes avec ses mains qui voudraient, mieux que les mots, m'expliquer la vie, qui voudraient me parler de la paix, de la guerre, de je ne sais qui, je ne sais quoi ; qui voudraient instantanément me faire tout comprendre, le bien, le mal, le bourrage de crâne, les mensonges… Il écrase sa cigarette sous sa semelle. Il a enfourché sa vieille monture de cuirassier. Je n'ai plus qu'à chevaucher les années avec lui, remonter le temps avec lui, être une parfaite cavalière.

Il a de l'estime pour moi et il souhaite réussir à me tirer hors du lot mais rien ne va assez vite, c'est ainsi depuis sa dépression. Il n'a plus de patience. Il a pris l'habitude de contrer mentalement ses adversaires et d'avancer à pas de géant.

Boire ne serait pas forcément une faiblesse, me dis-je en l'observant discrètement. Boire ne serait pas forcément un vice, comme les gens le racontent. Boire, ce serait s'exercer à penser le plus rapidement possible, à franchir les limites communément admises. Boire, ce serait refuser d'oublier, et ce serait toujours souffrir… mais c'est aussi entendre une voix en soi qui nous donne trop facilement raison.

– Des vies bancales… Moi… Lucien… et Camille…

– Qu'est-ce que Camille a fait, après la guerre ?

– Le maçon. On le payait mal, on profitait de son handicap. À la moindre remarque d'un patron, il déguerpissait ou faisait ses crasses par-derrière. Puis il s'est mis à travailler au noir. C'est un curieux garçon. Il n'avouera jamais ses déboires. On peut dire pourtant qu'il en a pris plein la gueule… Un type comme Camille aurait pu se laisser entraîner à faire des coups durs.

– Mais il a une femme.

– Oui, et il a su la garder.

– Tu la connais ?

– Les gueules cassées ont eu plus de succès qu'on le croit auprès des femmes. Ça leur donne un air très particulier. Ils auraient dû ouvrir des bars et des restaurants, le beau monde s'y serait montré. Camille s'est marié tardivement. Sa femme travaillait dans une clinique.

– Elle le laisse sortir le soir ?

– Que veux-tu ! Elle agréable, gentille, aux petits soins pour lui. Camille sans sa femme et Lucien sans sa sœur, où seraient-ils aujourd'hui ? Il y en a combien qui sont morts dans leur coin, une fois rentrés ? J'en connais qui sont montés à Paris se faire confesser auprès de grands ecclésiastiques avant de se pendre de retour chez eux.

– Pourquoi ?

– Tu ne supportes pas facilement d'avoir dû tuer tes semblables. Est-ce qu'on les compte parmi les victimes de la guerre, ceux-là ? Écoute : je ne vote pas. J'ai fait retirer mon nom de la liste des électeurs. Mon nom ne figure plus sur les listes électorales, et j'ai fait retirer mon nom du registre des baptisés. Ça te choque ?

– Non.

– Ta grand-mère ne me l'a pas pardonné. On était trop différents : elle, secrétaire de mairie, et moi, rayé des listes électorales. Elle avait fait des études dans un collège de bonnes sœurs et c'était, et c'est toujours une catholique pratiquante qui a le souci de la communauté. Mais je l'aimais comme elle était...

– Oui.

– ... cette très belle femme. C'est elle qui m'a laissé, parce que, vois-tu, elle se faisait une certaine idée du progrès humain.

Il rit un peu tristement.

– ... Une idée qui court le monde et lui donne raison : l'homme doit progresser. On te l'a sûrement dit ?

Je ne réponds pas.

– Progresser, progresser ! Tagada tsoin-tsoin ! J'étais tombé bas, je devais remonter. Le temps allait arranger les affaires. Je n'avais qu'à reprendre le collier. Tagada, Tagada tsoin-tsoin ! On m'a proposé de me remettre aux études, de tenter de passer du statut d'instituteur à celui de professeur dans un cours complémentaire. Peut-être qu'avec des élèves plus grands et cette facilité que j'avais pour l'allemand... Tagada, tagada... Ta grand-mère me conseillait de faire une croix sur la guerre. Rien que ça! Mais peux-tu contrôler tes pensées? Supprimer huit années de ta jeunesse, trois ans de service militaire et presque cinq ans de guerre? La guerre, c'était terminé, et j'en étais revenu sain et sauf. Quand on pensait aux morts, aux mutilés, de quoi je me serais plaint?

Nous avons haussé les épaules ensemble. Le chat noir bâille. Mon grand-père essaie de tirer les rideaux poussiéreux encadrant ses fenêtres.

– Devant une femme aussi vertueuse que ta grand-mère, tu avais toujours l'air d'être en faute. Alors tu pars au café et tu y déballes tes pensées. Quand tu rentres chez toi, tu te tais; ce n'est plus chez toi. On te regarde de travers, et vient le moment où tu lâches le morceau. À partir de là, tu en as trop dit; on estime que tes problèmes datent d'avant la guerre et que tu as trompé ton monde. Est-ce que, nom de Dieu, j'avais trompé quelqu'un?

Je secoue la tête en caressant le chat blanc.

– Faire une croix sur la guerre, dit-il très bas, et porter ta croix de guerre une fois par an sur ta poitrine, le jour du 11 Novembre, autour du monument aux morts… voilà ce qui aurait convenu à certaines personnes.

Il me dit avec douceur qu'on trouve l'amitié ou

la compréhension où l'on peut et qu'il ne les a pas rencontrées chez cette femme pour qui la guerre était certes un malheur, mais un malheur accidentel... un croche-pied du diable. Il pense que ma grand-mère était à la fois une petite fille naïve et une femme très sensible au qu'en-dira-t-on, mais il ne lui en veut plus.

Depuis que mon grand-père m'a conduite à la ferme de Navarin, je sais qu'il y a la guerre en lui, non pas le souvenir de la guerre, mais la guerre vivante, aussi proche et précise que si elle venait d'avoir lieu, et il n'admet pas qu'on y apporte de retouches.

– En fin de compte, Dieu a été le plus fort, il a chassé le diable, vaincu les ténèbres et retrouvé son trône doré dans les hauteurs. Certaines familles l'ont remercié d'avoir mis fin à la guerre et lui ont demandé de protéger les enfants qu'il avait rappelés à lui, leurs propres enfants. Le ciel s'était transformé en un grand berceau autour duquel les anges se balançaient en chantant, le ciel était devenu la patrie idéale. Le Père, là-haut, ouvrait les bras à ses enfants sacrifiés, les aimant tous d'un même amour. Là-haut, une justice parfaite régnait. Mais là-haut, aucun des soldats vivants n'avait eu envie de s'y retrouver.

Il s'est posté en face de moi et semble m'examiner, qui voit-il ?

Il a déçu ma grand-mère, lui a fait honte. Dès qu'il lui parlait, elle levait les yeux au ciel. Qu'allait-il encore sortir de cette bouche ? Les flammes de l'enfer ? La sainte et le démon : c'est le couple qu'ils formaient. Elle évitait de se montrer en public avec lui.

Les crises ont donc succédé aux crises, et ma grand-mère a rejoint sa sœur, qui lui ressemble en tout point. La voilà lavée du péché d'avoir épousé Félicien et d'avoir partagé sa couche de mécréant. La voilà à nouveau vierge sous le regard de Dieu, qui lui a pardonné d'avoir épousé un discoureur toujours prêt, pourtant, à « dépanner les gens dans leurs papiers ».

Mon grand-père avale une gorgée de mirabelle qu'il garde un instant au fond de sa bouche, puis l'eau-de-vie glisse le long de son œsophage et répand sa chaleur dans le vieux corps perclus. L'alcool, c'est son garde-fou.

– Ta grand-mère prie sans doute pour mon salut… Au fond, je ne pense pas que nous soyons capables de vrais mariages.

– Pourquoi ?

– Nous n'opérons que de brèves alliances, nous

ne sommes pas capables d'autre chose. Nous sommes surtout dévorés par la nostalgie, nous rêvons à ce qui aurait pu être. Nous allons, comme ça, d'une idée à l'autre, d'un songe à l'autre.

Je laisse fondre un sucre sur ma langue.

– Que veux-tu ? me dit-il d'une voix assourdie, la guerre, c'est tout le contraire de ce que les hommes aiment, personne ne le niera. La guerre, c'est ce que tu ne crois pas possible, ce que tu ne peux pas imaginer, et voilà que ça se met tout à coup à exister. Et tu dois la faire par civisme. Tu participes à la démence malgré toi. Tu peux lui dire oui, tu peux lui dire non, on te l'a pas moins imposée. Et on ne sort pas indemne de plusieurs années de démence. Ceux qui ont aimé se battre – et il y en a eu quelques-uns – portent tout de même l'enfer inscrit sur leur rétine. Les gens qui te persuaderont du contraire sont des frimeurs. Tu tuais pour ne pas être tué, et on te sortait les grands mots, on te déballait les grandes idées. Cette guerre-là nous a obligés à être, de part et d'autre du front, des…

Il n'a pas dit le mot qui lui fait mal.

Il me parle à présent comme s'il se trouvait

derrière le rideau d'un théâtre, il y aurait les spectateurs dans la salle qu'il ne veut pas voir.

On dit que la guerre suit ses propres lois, qu'elle évolue à la façon d'une épidémie, que c'est un mal nécessaire. Allons donc ! On la compare à un ouragan, à une éruption de volcan ou à un tremblement de terre... Comparer les catastrophes que les nations déclenchent à des phénomènes d'ordre naturel, ça ne va pas.

Il s'interrompt, attend qu'on lui réponde de l'intérieur de la salle.

– Je fais bien la différence, lui dis-je, mais des gens comme toi ou moi ne peuvent pas empêcher une guerre.

Ses yeux sont des billes rougeâtres. Je me lève pour m'occuper du poêle.

– On a demandé à chacun de défendre la patrie, d'incarner une partie de la victoire à remporter dans les plus brefs délais, comme si chacun s'en allait au cirque avec des pantalons de clown et non sur un champ de bataille. Tu n'étais pas un ange mais tu vivais sans penser au mal, et voilà qu'on te désigne un ennemi et qu'on te fait croire que tu vas le vaincre en moins de deux, parce que cet ennemi-là, qui se trouve dans la tranchée d'en face, c'est lui le responsable.

– Et chacun le croyait ?

– Il y en a eu pour le croire.

– Ou pour faire semblant.

Il pose à nouveau sur moi son étrange regard. Quelle existence ai-je pour lui ?

– Les soldats sont partis « la fleur au fusil », dis-je.

– Tu frimes quand tu pars, mais sais-tu où tu vas ? Les journaux de l'époque étaient rédigés par des falsificateurs.

Il m'observe de très loin.

– On était coupés de la population, on nous a laissés dans le charnier comme, après, on a laissé fonctionner les camps de la Deuxième Guerre. Tu sais... pour les camps ?

– J'ai vu une exposition.

Il va enfiler sa canadienne et revient près de moi.

Il dit que, lorsque l'horreur s'en mêle, les gens s'arrangent pour l'ignorer. Ils attendent de voir venir, mais voir venir quoi ? Il y a eu des révoltes chez les soldats. Au Chemin des Dames, il y a eu des mutineries. On a tenu si longtemps les gars sur les lieux des batailles. On censurait le courrier. Il y a eu des grèves parmi les ouvriers, mais ça n'a pas été suffisant. Des soldats allemands à la fin ont déserté. Et quand lui, Félicien, est enfin rentré, sa femme a préféré Dieu à un homme.

Il se tient maintenant devant la grande horloge noire et s'en prend aux monuments aux morts qui ont représenté un coup de commerce faramineux organisé sur le dos des victimes. Les monuments aux morts avec leurs statues patriotiques sont lamentables. On a traité les types comme des Bécassine, et personne n'aime avoir l'air d'une Bécassine. La guerre avait séparé les vieux des jeunes, les hommes des femmes, les médaillés des non-médaillés, les valides des invalides...

Il regarde dans ma direction, il me dit qu'il n'a pas compris ma grand-mère et qu'à cause de la guerre ils se sont donné de sales coups. Mais elle n'a pas changé. Et lui non plus. Et ce qui est fait est fait. Voilà.

Il me demande de ne juger personne.

Oui, il a été sujet à des troubles, sujet à des crises. Ma grand-mère alors disparaissait de la circulation, elle allait se réfugier chez des voisins. Quand il recouvrait la raison, il lui demandait pardon et lui offrait des cadeaux, mais tout était fichu entre eux, et ce n'était ni sa faute, ni celle de ma grand-mère… C'était la faute à qui ?

Sa question me prend au dépourvu. J'avale une petite lampée de mirabelle qui me chahute le gosier, je tousse.

Il parle avec tristesse.

Ma grand-mère avait déjà eu sa part de chagrin avec son frère André tué en 1915 aux Éparges. Elle n'a pourtant rien reproché à Dieu, ni ses caprices, ni ses infidélités, ni ses défaillances. Et si lui, Félicien, refusait sa foi de petite fille, il commettait un blasphème ; elle avait d'abord fondu en larmes quand il avait essayé de lui ouvrir les yeux, puis elle s'était détournée de lui.

Il vient se rasseoir à la table et dit, après un long silence :

– Tu voudrais refaire l'histoire, hein ?

J'approuve de la tête.

– Essaie plutôt de vivre ta vie.

Il ouvre grands ses magnifiques yeux noirs :

– Qu'est-ce que je raconte ? Il est quelle heure ? Mais tu es encore là ?

– C'est toi qui as voulu que je reste.

Je vois derrière les carreaux les flocons qui continuent à voleter.

– Vas-y ! Et ne te fais pas pincer. Et si tu te fais prendre, raconte-leur des sornettes. Veux-tu te dépêcher ?

Il me met à la porte.

Je ne compte déjà plus pour lui. Je ne compterai peut-être jamais pour lui. Je dois retourner chez les nouilles, réintégrer le paquet de nouilles. Je suis une nouille parmi les nouilles... Le monde est composé de nouilles et d'imbéciles, de cruches et de gourdes, d'ignorants et de trouillards. Il m'invite chez lui puis, une fois qu'il a vidé son sac, il me fiche dehors. Et si je lui improvisais une petite chanson en guise d'au revoir ? Elle commencerait de cette façon :

Le monde grouille
de grosses nouilles
qui ont la trouille
le cerveau plein de rouille
de sales bouilles.
Tous, des andouilles
que la peur écrabouille
et qui grognent dans leur souille !
Quelle tambouille !
Ouille, ouille, ouille...

Mais je ne suis pas d'humeur à chanter ça.

– File !

Il se dirige vers sa chambre. Je retiens mes larmes. Je me lève avec le chat dans les bras, abandonnant mon verre où reste une cuillerée de mélasse.

– Bonne nuit, dis-je.

De même que mon grand-père ne respecte aucune fête, il envoie promener les formules de politesse.

Je m'échappe par le jardin, rentre sur la pointe des pieds, telle une tricheuse, une voleuse, car on ne va pas « traîner » de ce côté-là.

Dans ma chambre, je voudrais écrire à quelqu'un. Je ne vois pas à qui, peut-être à Jacques. Il suffirait que je gomme les décennies qui nous séparent, ne retienne que la jeunesse de son regard, la douceur de son sourire. Il est l'auteur d'un livre, il me répondrait certainement. C'est un homme courtois, attentif; il a bon caractère et saurait garder un secret. Je ne lui trouve aucun défaut. Mais le visage de mon grand-père vient s'interposer entre Jacques et mes projets: la jalousie de Félicien, comme son discernement, n'a pas de limites.

Le matin, au réveil, je constate que sa maison est restée allumée. Il n'en ferme pas la porte à clé, n'en éteint pas les lumières. Depuis le départ de ma grand-mère, il a perdu la clé de sa maison et il égare de nombreux objets. Il passe une partie de la nuit au café et la finit chez Lucien, dans le gourbi de Lucien ; il ne rentre que dans la matinée. Quand il a trop bu, mon grand-père ne titube pas. Il garde la tête haute, le buste droit, les épaules dégagées ; un seigneur qui domine la foule ou qui l'ignore. Lorsque je le croise en ville, il ne me voit pas. Si je lui dis bonjour, il ne m'entend pas. Il regarde devant lui, au-dessus des toits, vers les nuages, et peut-être loin derrière lui. Alors il n'est pas mon grand-père et je ne suis pas sa petite-fille ; le serai-je jamais ? Je pourrais essayer de faire quelque chose pour lui ; par exemple, nettoyer un jour sa grande pièce, trier ses papiers et ses photos, épousseter ses beaux vieux meubles, mais je crains de me transformer en Cendrillon. Et puis, il se moquerait de moi.

5
Can I help you?

Mes rendez-vous chez Lou me demandent de l'astuce. Je dois me prêter à différents calculs, consolider mes stratagèmes, m'assurer de la connivence de Nathalie et d'Adèle, une autre amie. Il n'est pas facile de déjouer la vigilance de ma mère et je ne réussis à rejoindre les quatre hommes qu'une à deux fois par semaine. Je les vois rarement pendant les vacances. Je découvre les plaisirs de la clandestinité. L'amour doit ressembler à cela : une délicieuse aventure clandestine.

Les quatre hommes ne manquent pas une soirée chez Lou. Lucien s'y trouve l'après-midi pour faire le concours du journal régional. Il a déjà gagné six bouteilles de champagne et un lot de consolation, une petite cuillère en métal argenté ornée de l'écusson de la cathédrale qu'il a donnée à sa sœur. Lou l'aide dans ses recherches, elle tient à sa disposition un gros dictionnaire contenant des planches en couleurs et des pages roses. Lucien chausse ses lunettes aux verres épais et, pendant les dernières heures calmes de l'après-midi, recopie des renseignements sur un cahier. Je coopère mais les questions subsidiaires, destinées à départager les *ex aequo*, sont un casse-tête. Elles nous obligent à comparer des monuments dont les photographies, sur le journal, restent floues.

– Ils le font exprès, grogne Lucien, qui se sert de ses lunettes comme d'une loupe.

Jacques arrive avec un léger retard. D'un battement de cils, nous échangeons un salut qui échappe aux autres.

Entre le mur du café et le bras de mon grand-père, assise au bout de la banquette, je suis libre.

Je les écoute tous les quatre et j'entre dans un monde qui, en dehors de chez Lou, reste cadenassé. Je m'attache à leur bistrot, à leur table, j'en fais ma seconde maison. J'y rêve à une vie intéressante, aventureuse, exceptionnelle. Mais, lorsque je suis dans un mauvais jour, je me sens seule et je ferme les yeux.

– La star s'est endormie, dit alors Lucien à Jacques.

Jacques est le plus jeune, il n'a fait que la fin de la Grande Guerre. Il fume des cigarettes blondes, ce que ne font pas les autres. À force de le regarder, je ne le trouve plus vieux du tout. Ce qu'on appelle la vieillesse ou ce qu'on désigne par la laideur ne sont pas des barrières pour moi.

Ça fume, ça s'offre un verre ; c'est le bon côté de la vie.

La lampe est un gros calice suspendu au-dessus de la table, les verres sont de plus petits calices colorés que Lou remplit sous nos yeux avec un léger sourire. J'entends les raclements de gorge, les toux, les soupirs. Je connais les tics de chacun. La nuit tombe derrière les rideaux. Des conversations s'engagent partout dans le bistrot et Camille effeuille le calendrier.

Ils discutent. Ils plaisantent. Ils parlent de l'instabilité des hommes, de la brièveté des passions, de l'ambition des politiciens, de la fragilité des gouvernements, en somme de la vanité de toute chose.

Je suis à la fois heureuse et inquiète. Mon inquiétude peut virer à l'angoisse. J'ai dû l'hériter de mon grand-père, à moins qu'il ne me l'ait communiquée délibérément. Il prétend que l'angoisse fouette notre intelligence. Moi, je n'en suis pas si sûre.

Au lycée, il y a eu deux événements.

Nous avons passé la visite médicale. Je me suis donc déshabillée et retrouvée nue devant des filles et devant la doctoresse. J'étais la plus grande de la classe et je demeurais la plus plate, pas complètement plate néanmoins ; mais la plupart des filles de ma classe ont des seins qui emplissent les bonnets de leurs soutiens-gorge. Je transpirais et grelottais. On nous a mesurées, pesées, palpées. Je ne supportais pas les mains de la doctoresse sur ma peau, ses regards, ses questions. Je lui ai menti sur la date de mes premières règles. Ici au café, pour le groupe des quatre, je suis la star, mais ailleurs je ne sais pas comment on me voit. J'ai eu envie de cracher sur les mains de la doctoresse qui portaient d'énormes bagues ; elle s'était plâtré le visage avec un épais fond de teint et ses lèvres étaient rouge orangé. Elle m'a découvert une scoliose. Je me suis rhabillée en vitesse et enfermée dans les toilettes du lycée. Je ne voulais plus en sortir, je maudissais le système de poids et mesures que les hommes ont inventé. Là, refusant même de répondre à Nathalie, qui m'appelait puis s'est mise à frapper contre la porte, j'ai craqué. Pour mon grand-père Félicien, ces choses n'existent pas.

Et il y a eu cela, qui constitue le second événement : en septembre dernier, j'avais plusieurs fois surpris Michaël à la sortie des cours avec une fille aux seins proéminents, le genre même que la doctoresse m'invitait à devenir et que je ne deviendrai jamais. Il sortait avec elle et voulait me garder, il nous voulait toutes les deux. Je l'ai quitté. Et maintenant, il cherche à renouer avec moi. Il a glissé ce matin un mot dans ma poche, où il demande à me parler, à me revoir, comme avant, mais je n'ai pas l'intention de lui céder, il m'a trop déçue et trop blessée.

Jacques me regarde. Pour ces hommes qui ont fait la Première Guerre, je suis une espèce de fleur sauvage qui pousse à retardement au milieu de leur ancien désastre. La guerre n'a pas abîmé Jacques au même titre que Lucien, Camille et Félicien. Il a pu mener une vie normale : il a travaillé comme infirmier à l'hôpital, puis il est passé surveillant chef. Moi je regarde ses rides, ses cheveux grisonnants, les moignons de ses doigts qu'il replie souvent, comme par réflexe, et je pense à Michaël. Malgré mon trouble, je ne désire plus ses caresses, ses regards, ses baisers; il est trop tard pour Michaël.

Ils discutent. Ils s'emballent, et j'entends mon grand-père qui lance ses phrases rapides:

– Je leur réponds, dit-il, je n'arrête pas de leur répondre!

– Tu réponds à qui? demande Camille en soulevant d'un coup sec son béret pour se gratter la tête.

– Je leur réponds sur le mur.

Il est gai, il rit. Je ne sais comment interpréter son rire.

– Mais tu réponds à qui? demande encore Camille.

– Quand ça ne vient pas en français, je me sers de l'allemand: *Krieg, Angst*... Tu entends comme ça sonne? Qu'est-ce que tu leur écris, toi?

Camille, désorienté, ne répond pas.

– Je n'écris rien à personne, moi, dit Lucien. Je n'écris jamais, même plus une carte de bonne année.

– Oui, dit Camille, ils sont tous au paradis, les parrains, les marraines, les tatas, les tontons. Ils ont passé le mur du son.

– Mais c'est quels mots, toi? insiste mon grand-père, et je me demande à qui il s'adresse.

– Moi, dit Lucien, c'est *essen*, *trinken*, rêver, comment tu dis rêver ?

– *Traümen.*

– *Traümen und schlafen. Schlafen und traümen. Und* rire...

– *Lachen.*

– *Und lachen*, de temps en temps.

– Donc, poursuit mon grand-père, je me place devant le mur, les pieds dans les orties, et ça passe, comme une balle, de ma tête au mur, et du mur à ma tête. Tu sais quoi, Jacques ?

– Non.

– *Er wird verrückt.*

– Traduis, nom d'une pipe, dit Camille.

– *Verrückt*..., répète Lucien, songeur.

– Il devient fou, traduit mon grand-père en regardant Jacques.

Il a déjà avalé deux verres de vin, presque coup sur coup.

– Mon frère, le lieutenant Jules Étienne, mort pour la France devant Grivesnes, me le dira bien un jour, si je ne tourne pas rond, ce grand naïf..., dit mon grand-père. Tiens, la star, avant que je monte au ciel, je te donnerai sa croix de guerre avec les citations et sa médaille de la légion d'honneur.

Mort pour la France. Une minute de silence. Tu connais la musique, hein? Tu as assisté tous les ans avec ton école à la cérémonie du 11 Novembre. Pour finir, on t'y donnait des bonbons ou une sucette, et tu suçais la sucette.

– Oui, mais la sucette, c'était pour la guerre d'après.

Lucien se marre.

– Eh bien, moi, dit mon grand-père, qui ne m'a pas écoutée, je parle à mon mur pendant que tu suces la sucette et que les autres, raides comme des piquets, serrent les fesses et jouent du clairon en cercle autour du monument aux morts, et quand ça me corne trop dans les oreilles, je pisse sur le mur, et il n'y a plus rien, que les vieilles pierres rongées. *Pferd*, tu sais ce que ça veut dire, tu fais de l'allemand.

– Ça veut dire «cheval».

– J'ai fait la guerre avec les chevaux. J'ai été un cavalier armé d'un sabre et qui traverse les flammes. Ah, j'ai vu plus d'un Français se signer... Après, on a versé le cavalier que j'étais dans le train, mais sans que je lâche mes chevaux. Avec eux, je convoyais des caissons d'obus vers le front, la nuit.

Il attrape son verre, le repose tout de suite sur la table en tremblant.

– C'est ça, dit Camille, allez, allez, on avance, on fonce…

– Je roule sur une route dangereuse. Les chevaux savaient bien qu'on faisait la guerre. Toi, tu avales de la mauvaise gnôle et eux avalent de la boue. Et en avant ! Tu fais claquer le fouet, et tu y vas.

Il s'empare d'un autre verre, celui de Camille peut-être ; il prend dans le tas, n'y voit plus nettement.

Lui, il voit là-bas, en arrière ; il voyage dans sa nuit. Ce n'est pas le Transsibérien qu'il conduit, c'est – sur la voie Sacrée qui conduit à Verdun, puis dans la Somme – l'attelage aux obus. Ses yeux, on dirait ceux des chevaux.

– Oui, dit Lucien, envoûté, et il passe sa langue sur ses lèvres fendillées.

Lucien à la tignasse blanche porte un blouson grenat qui le rajeunit. Ils ne sont plus vieux et ils sont tous beaux. Ils ont dû faire des ravages auprès des femmes dans leur jeunesse.

– J'étais meilleur palefrenier que maître d'école et pas mauvais cavalier, raconte mon grand-père. Un mètre quatre-vingt-douze, la tête qui ne passe pas sous les portes, les pieds qui sortent du lit : on m'avait mis dans la cavalerie, puisque j'étais grand, j'aurais dû être fort, avoir un cœur et des nerfs d'acier.

Il ricane.

– Le cheval, le casque en cuivre orné d'une crinière, la cuirasse, le sabre…

– Un dieu, dit Camille.

– Oui, et avec ce sacré déguisement, j'en ai envoyé combien au paradis ? *Wieviel, mein Schatz ?*

– *Ich weiss nicht*, dis-je.

– *Wieviel ?*

Personne ne répond.

– Le résultat de la grande addition n'a été connu qu'à la fin de la guerre… Sais-tu ce qu'on va faire, la star ? On va écrire ensemble sur mon mur, écrire toi et moi, dans les deux langues, comme me l'a soufflé Camille l'autre soir. Pas besoin d'interprète, n'est-ce pas, Camille ? On passera d'une langue à l'autre, comme on passe d'un carré à l'autre quand on joue à la marelle et qu'on se propulse de la terre vers le ciel. *Ich lebe, ich hasse den Krieg*, hein, Lucien ?

– *Jawoh mein Schatz.*

– Je commence à comprendre quelques mots, dit Camille. Tu m'excuseras, mais je n'écris pas sur les murs, je les ai construits. J'ai même réparé des toitures d'églises.

– *Ich lebe, ich hasse den Krieg.* Répète, et conjugue-moi ça à tous les temps, m'ordonne mon grand-père.

Jacques n'ose pas me regarder. Mon grand-père s'enivre de ses paroles, je n'ai pas envie de lui obéir.

– Je pense que ce qu'on raconte au sujet des bêtes est complètement faux, nous déclare-t-il après un moment de réflexion. Elles sentent le danger de loin, et elles ont peur de mourir. Ce sont plutôt les hommes qui arrivent à oublier la peur…

Jacques semble partager le point de vue de mon grand-père, les autres aussi.

– Si vous ne tenez pas à ce qu'on s'attaque à notre chef-d'œuvre ensemble, on pourrait composer une petite chanson, poursuit-il. J'en ferais bien une à la gloire de mes chevaux.

– Je te donne l'autorisation, dit Lucien.

– Mais, avant, finissons-en avec ce chapitre: mon frère, le lieutenant Jules Étienne, avait fait au printemps 1917 le Chemin des Dames. Puis il a été pris dans la poche de Montdidier lors de la grande offensive allemande, pendant qu'il organisait en mars 1918 la défense du château de Grivesnes en relayant son capitaine qui avait déjà donné son valeureux cœur à la patrie. C'est l'époque où les Allemands se démènent, les voilà prêts à repercer le front. Les 29, 30 et 31 mars ont été des journées décisives. La quatrième garde impériale attaque. Les Allemands avancent, rampent de trou d'obus en trou d'obus, se massent à l'est et au nord du château, dans le parc. Dès l'alerte, les Français ont barricadé le château avec tout ce qu'ils ont pu trouver...

Il vide un demi-verre en une gorgée. Quel acteur ! Il captive son auditoire et je bois ses paroles, comme au théâtre.

– Mon frère Jules Étienne sera tué devant Grivesnes le jour de Pâques et porté disparu par l'état-major. Ainsi, les hommes disparaissent au moment où ils se livrent corps et âme à la défense d'un endroit stratégique précis et en assurent le commandement. Et en musique, s'il vous plaît ! Car l'un des hommes de Jules Étienne, un sous-lieutenant de chasseurs, au moment le plus critique, s'est mis à jouer la *Marseillaise* au piano à l'intérieur dudit château dont on avait bouché les fenêtres avec des matelas. Mon frère et ses hommes croyaient à la patrie, moi et mes chevaux, on n'y croyait plus beaucoup. Mais qu'au moins, si on ne retrouve pas le corps du combattant transformé en compote, on honore son âme et lui assigne une dernière résidence. Qu'on prenne une petite motte de terre, qu'on la pétrisse et dise : « Voilà son corps. » Sa fiancée ou sa femme se rongeront moins les sangs, car un « disparu », ce n'est pas tout à fait un mort comme les autres, tu gardes une dette envers lui et ça peut toujours revenir, un « disparu »… *Hörst du*, la star ?

– Oui, dis-je.

Sa voix n'est plus la même, elle roule dans la nuit, à la fois sourde et rocailleuse, entraînant l'adhésion du groupe.

Lucien trouve qu'il parle bien.

– Jacques, que dis-tu ? demande mon grand-père.

– Rien.

– Pas d'opposition ? Pas d'objection ?

Lucien s'esclaffe.

Je n'ai encore jamais vu mon grand-père dans cet état et je gigote sur mon coin de banquette.

Jacques, du regard, essaie de m'apaiser. Il ne supporte pas que je boive et que je manifeste trop d'admiration pour mon grand-père. Mais je n'ai, pour ainsi dire, rien bu.

– Eh bien, j'en parlerai à mon mur avant que les orties ne l'aient fait lui aussi disparaître, dit Félicien. Maintenant, Jacques, la balle est dans ton camp.

– Je veux bien de la balle, dit Jacques calmement, mais il n'y a pas de camp pour la recevoir.

– Très bien. Enregistre, la star. Jacques s'est fait sauter les deux doigts de la main droite pour en finir avec…

– Mon lieutenant me couvrait… il a signé le bon papier.

– Tu as eu la bonne blessure, toi, mais tu t'es offert la deuxième guéguerre, dit Camille.

Jacques ne parle jamais de la Deuxième Guerre. Je sais seulement qu'il a été fait prisonnier et qu'il a réussi à s'évader d'Allemagne au bout d'un an.

– Voilà comment ça se met en route, dit mon grand-père, qui n'a pas perdu de vue son idée: quand je me trouve devant le mur, d'abord je plaisante, ensuite je deviens sérieux. J'imagine que la fanfare joue derrière mon dos, elle fait des canards. Moi, je concocte un mélange: une phrase pour rire, une autre pour pleurer. Un œil s'ouvre, l'autre se ferme. Et j'y vais, d'un pied sur l'autre, et ainsi de suite comme dans les comptines. C'est un travail de lutin. Il ne faut pas perdre l'habitude de cette gymnastique, ce qui nourrit l'esprit entretient le corps.

Jacques baisse la tête. Pourquoi ? Mon grand-père n'est-il pas formidable ? Les yeux gris de Camille luisent. Qu'on s'éprenne d'une gueule cassée n'a rien pour me surprendre. La déformation de son visage est tragique ; on ne peut pas parler de laideur, il se cache même une beauté effrayante sous ces traits altérés, et je m'y suis habituée.

– À devenir trop sérieux, on perd le principal. Il faut faire attention, nous prévient tout à coup Camille.

– Qu'est-ce qu'on y perd ? demande Lucien.

– Sa fiancée, dit Camille. La mienne s'est sacrifiée pour ses patrons et pour notre avenir ; elle est tombée malade et elle est morte à la fin de la guerre. Je l'ai appris quand je me suis présenté chez elle, une fois la paix revenue, pour fixer la date de notre mariage. J'étais chez les sapeurs, moi, à la guerre…

De l'histoire de sa fiancée, il n'avait rien dit avant ce soir.

– Oui, dit Jacques tout doucement en regardant Camille. Et c'est un couvercle qui nous tombe sur la tête quand on en parle.

– Alors, soulevons-le pour toujours, dit mon grand-père. Hein, Lucien ?

Lucien a sursauté :

– Moi : quoi ? Moi, rien : les tranchées, dit-il.

Il rit, comme pour lui seul, et nous rions aussi à cause du décalage entre la question et la réponse.

– Quoi ? répète Lucien, qui roule de gros yeux. Je n'ai rien à cacher : après la guerre, j'ai été une loque. J'ai bu, d'accord, mais j'étais inoffensif. Toute ma pension y passait, alors je me suis mis à ramasser les mégots pour me faire une petite réserve de tabac. C'est ma sœur qui m'a sorti du malheur seulement après la Deuxième Guerre. Lucien, me sermonnait-elle, ne te laisse pas aller, refais surface. Puis vous… ici… Quand j'étais jeune, je travaillais derrière la cathédrale à la boutique de mon père, je travaillais pour les touristes. Je sais dire « Bonjour, comment allez-vous ? » et « Je vous aime » dans cinq langues. Ça m'a servi quand ma sœur a fait la fleuriste et que j'emballais les bouquets pour les petites femmes.

Lou vient retirer les verres vides.

– *Thank you, Fraülein*, plaisante Lucien.

Je regarde l'heure à la pendule. « Reste encore un peu », me dis-je pendant que Lou, avec son immuable sourire, débarrasse la table.

Je rêve de boire un whisky, je n'en ai jamais bu ; j'en aime la couleur ambrée mais les hommes chez Lou n'en prennent pas.

Jacques fume avec délectation ses cigarettes avec filtre, des américaines. Les verres vides repartent, des verres pleins arrivent. Cette fois, Jacques a su se faire entendre, on ne m'apporte même plus un pastis léger mais une anisette.

– La nuit, dit doucement Lucien, je ne rêve pas souvent que je cueille du lilas ou des roses sous le soleil. Pourtant, si vous saviez combien de fleurs nous avons vendues, ma sœur et moi ! Mais je rêve parfois d'une maison douillette avec un feu à la cheminée.

– Pour ma part, avoue Camille, c'est toujours des galeries qui s'effondrent. Je rampe, je n'en vois pas le bout ; c'est sombre, ça va s'écrouler, ça commence à s'écrouler. Je me réveille en sursaut et je constate que je suis vivant. C'est une bonne surprise, un miracle. Je me lève, je vais acheter du pain frais, un petit croissant de temps en temps, et je fais un café à ma femme.

– Oui, dit mon grand-père en mordillant sa moustache.

Il y a un silence.

– Et tu ne pourras pas écrire ça sur ton mur, Félicien, tu n'as pas la tête assez solide. Non, tu ne pourrais pas écrire ça sur ton mur. Ni faire toutes tes soi-disant cabrioles... avec tes genoux et ta bronchite.

Mon grand-père ne réagit plus.

Il a fini la guerre comme il l'a commencée, sans galons, sans promotion, pour ne pas avoir à mettre le pied dans l'engrenage militaire. Si Lucien et Camille rejettent la guerre, ils restent fascinés par elle.

J'ai soudain pitié de mon grand-père. Il est très maigre. Ses pommettes hautes ressortent dans son visage émacié et son regard noir brûle avec intensité.

Ils en sont au dernier verre. Je décide que je quitte leur table dans cinq minutes exactement.

– J'en ai écrit de l'autre sur mon mur, dit mon grand-père en redressant la tête avec dédain.

– *Kartoffel!* dit Camille. Je ne connais guère que ce mot-là.

– *Schnaps!* répond Lucien.

– *Schatz*, dit Jacques, qui me regarde sans me voir, ou qui regarde peut-être ses souvenirs dans la glace, ses amoureuses d'autrefois.

– Oui, dit Camille pour détendre l'atmosphère,

à la maison, je fais des petits plats. Ma femme m'appelle son «gentil cuistot».

– Moi, dit Lucien, j'ai du vin dans ma cave. Autant de bouteilles en réserve, autant d'années qu'il te reste à vivre.

– *O, du mein Schatz*, murmure mon grand-père on ne sait à l'intention de qui, peut-être en réponse codée à Jacques, à moins qu'il ne se soit rappelé le début d'un poème ou celui d'une chanson.

Ils ont encore ri, ils ne rient pas tant d'ordinaire.

Jacques se retient de parler. Je devine qu'il aurait eu beaucoup de choses à dire et qu'il hésite à cause des réactions de mon grand-père.

J'ai trop tardé, l'heure du dîner est passée. Je vais prendre un savon à la maison. J'ai peur...

Il me semble que Jacques et Félicien se surveillent et se mesurent, ils sont tous les deux très orgueilleux. Je ne décolle pas de mon siège. Lou tend une oreille discrète. J'ai peur et je voudrais rester dans son café.

– Il faut que j'y aille, dis-je si faiblement que personne ne réagit.

– Une chanson, dit Jacques.

Une chanson d'amour, alors, propose Lucien.

Je glisse à l'oreille de mon grand-père que je devrais déjà être partie.

Il caresse des yeux le soleil violacé de son verre en soupirant.

Jacques me regarde sans sourire et avec insistance, une façon de m'inviter impérativement à rentrer. Dans une minute, je pars.

– Ce sont des nouilles, dit mon grand-père en faisant allusion à mon père et à ma mère, et les nouilles ne doivent pas t'impressionner.

C'est affolant, mais plus le temps passe, moins je réussis à bouger ; je suis au bord de la panique. Mon grand-père me retient avec un malin plaisir. Les heures que je passe auprès de lui, je ne les passe pas chez les nouilles.

– Drôle de soirée, dit Jacques.

– Pourquoi drôle ?

6
Coup de théâtre

Je porte le verre de mon grand-père Félicien à mes lèvres sans avoir l'intention d'y boire quand je la vois arriver.

Elle m'a repérée et se dirige vers moi. Lucien essaie d'écarter sa jambe pour qu'elle ne la heurte pas. Elle n'arrivera pas à m'attraper, je suis coincée entre Félicien et le mur, protégée par la rangée que forment Jacques et Camille.

– Lucile, qu'est-ce que tu fais là ? me dit-elle.

Et à mon grand-père :

– Qu'est-ce que vous lui avez fait boire ?

Et à moi :

– Veux-tu venir tout de suite !

Le groupe que nous formons doit rebuter ma mère. Jacques lui sourit mais il sourit à toutes les femmes. Il sourit même quand mon grand-père lui fait sa leçon. Mes fesses collent à la banquette, je suis paralysée.

– La petite est passée me saluer, madame, dit Jacques à ma mère.

– Vous saluer ?

– Mais oui, et nous l'avons un peu retenue.

– Je crois qu'elle connaît l'adresse depuis un certain temps.

– Pas du tout, intervient Lou, c'est le hasard.

– Je me doutais que tu étais ici, dit ma mère. Ton père ne voulait pas me croire.

Je m'accroche à mon grand-père comme une toute petite fille. Lou tente de prendre ma mère à part. Lucien glousse, Camille me fait des clins d'œil comiques.

– Lucile, tu viens !

Lucien a du mal à dégager sa jambe et à se lever. Il faudrait que Camille tire la table mais, par complicité avec Lucien, il s'en abstient.

Je lui demande :

– *Can I help you ?*

Ma mère me balance une gifle par-dessus la table :

– Parle français.

– Elle ne fait rien de mal, proteste Camille, elle révise ses leçons.

– Eh bien, dit tout bas mon grand-père, je crois qu'il faudrait finir par y aller.

L'équilibre de Lucien semble précaire.

– Vous, dit ma mère à Félicien, vous avez l'art de semer la zizanie partout où vous vous trouvez. C'est facile de jouer au héros avec une gosse de quinze ans.

Une gosse ? me dis-je. Elle n'y est plus… Et j'en aurai bientôt seize.

– *Was ?* s'inquiète Lucien, qui se dresse devant le mur du fond et que tous les clients du café regardent.

– N'aboie pas trop fort, grommelle Camille, la dame a les tympans fragiles.

– Ils sont saouls ! dit ma mère.

– Non, corrige Lou d'une voix susurrante, ils plaisantent. Vous n'avez pas l'habitude…

– Ils ont bu, et ils l'ont fait boire. Elle se siffle des pastis maintenant, et elle écoute des grivoiseries. Ses notes au lycée sont en chute libre.

– Ça ne va pas tarder à remonter, dit Camille.

Des clients commencent à prendre goût au débat.

Ma mère regarde Félicien, qui regarde le plafond en fredonnant une chansonnette.

– Ma fille ne passera plus cette porte. Et vous,

dit-elle à Lou, vous servez de l'alcool à des enfants mineurs.

– Absolument pas.

– La dame souhaite passer commande ? demande Camille. Lou, ajoutez une menthe à l'eau.

– Mais, maman, dis-je, je buvais de l'anisette.

– Tu n'as vraiment pas d'autre endroit où aller ? Tu es donc si malheureuse que tu as besoin de venir te réfugier dans ce bistrot auprès de ces quatre phraseurs ? De quoi tu as l'air ?

– D'une musaraigne, dit Jacques.

– Le malheur, parlons-en, raille Lucien.

– Madame..., dit poliment Jacques.

– Ils ont un de ces toupets. Ma fille boit, et elle fume peut-être. Voilà le progrès. Tu dois en entendre de bonnes, ici.

– C'est ça, on l'initie aux miracles, dit Lucien.

Tout le café part d'un énorme éclat de rire. Je rougis jusqu'aux oreilles.

Mon grand-père n'a pas adressé la parole à ma mère, qui me secoue le bras pour que nous sortions au plus vite mais je prends mon temps, je ne tiens pas à bousculer Lucien.

Je monte enfin dans la voiture de ma mère et nous démarrons sur les chapeaux de roue.

À la maison, comme je m'y attendais, j'ai droit à un interrogatoire et à toutes sortes de remarques :

– Depuis quand fréquentes-tu leur bistrot, petite dissimulatrice ?

– Ce ne sont pas des conversations pour toi. Rencontre plutôt des jeunes de ton âge.

– Tu es en seconde, on ne le dirait guère.

Je reste muette. Qu'on m'en dise un peu plus ou un peu moins, quelle importance, maintenant !

– Tu nous déçois de semaine en semaine, tu as tellement changé... Est-ce que tes devoirs sont faits ? Si tu ne te ressaisis pas, tu vas redoubler.

– Promets-nous de ne plus remettre les pieds dans cette gargote.

Je promets, mais je ne suis pas sincère.

– Ton grand-père te ressort ses deux ou trois mêmes phrases en allemand qui datent d'avant la guerre de 14 et ça t'impressionne. Il radote, et ses trois acolytes ne valent guère mieux mais c'est lui leur meneur. Tu l'as déjà vu travailler ? Retire-lui son verre de rouge et il s'écroule.

C'en est trop. Cette fois, je me défends et je défends les accusés. Je réponds que le café de Lou doit sa réputation à des gens comme mon grand-père et ses amis, et je dis que mon grand-père a beaucoup lu, qu'il m'instruit et pratique un bon allemand. On n'a jamais reconnu sa valeur. En dehors du bistrot, personne ne l'écoute. Il aurait pu être traducteur.

– Pourquoi pas ambassadeur ou ministre ? Tu es vraiment bon public.

Dire la vérité à mes parents quant à mes soirées au café me coulerait. Je préfère me taire mais j'ai honte de m'être laissé surprendre par ma mère chez Lou.

On me sermonne encore quand je me sauve dans ma chambre.

7

Mes premiers soldats

C'est à la suite de cette dispute que j'ai pensé à mes petits soldats et me suis remémoré nos aventures.

J'avais entre huit et dix ans. Certains soldats étaient en plomb, anciens et fragiles, je les avais hérités de mon père et les manipulais avec précaution. D'autres, les plus nombreux, étaient en matière plastique grise ; je les trouvais dans des paquets de biscuits et je les peignais. C'était une longue et minutieuse activité.

Je préparais mes pots de peinture à l'huile dans la cuisine, enveloppée dans un grand tablier. Mes modèles provenaient de mon livre sur Napoléon qui contenait des planches superbes, Georges de Montorgueil était l'auteur de ce livre merveilleux, et Job l'illustrateur. Je trempais mon pinceau aux soies fines dans la peinture et me mettais à l'ouvrage.

Tous les corps de régiment étaient représentés : les tirailleurs et les voltigeurs portant le shako noir à plumet vert et jaune, les grenadiers, le bonnet à poil noir et à plumet rouge ; les artilleurs, en gris-bleu, exhibaient leurs épaulettes rouges, les sapeurs, leurs tabliers blancs. Les hussards étaient beaux dans leurs dolmans verts à brandebourgs dorés dont ils n'enfilaient que la manche gauche ; la droite, maintenue par un cordon, se balançait dans le vide avec élégance. Les cuirassiers et les dragons portaient la cuirasse et le casque argentés. Je soignais la cavalerie à cause du prestige qui l'entourait, je savais que mon grand-père y avait servi. Les séances de peinture duraient des heures et se terminaient mal : comment aurais-je supporté d'abandonner mes hommes ?

Je rangeais mes soldats entre des chiffons dans une petite valise verte. Quand nous partions en vacances, j'emportais la valise et, partout où nous arrivions, j'alignais mes petits soldats sur un meuble ou bien sur le sol. Il fallait que je les aie autour de moi. Je leur avais fabriqué des lits en carton avec des couvertures en papier de différentes couleurs, je leur avais aussi fabriqué des tentes. Je les passais en revue. J'avais de temps en temps des entretiens particuliers avec Napoléon. Nous organisions de grandes fêtes qui se terminaient par un feu d'artifice.

Après les réjouissances, nous partagions un festin. Des bouts de papier rectangulaires sur lesquels j'avais dessiné des assiettes et des verres représentaient les tables. Quand tout était terminé, je glissais mes hommes sous leurs couvertures, discutais avec eux; nous nous laissions aller quelquefois à des confidences, puis je m'occupais des blessés.

Mes soldats n'étaient pas des combattants, c'étaient des aventuriers. Ils faisaient de longues marches à travers l'Europe. Ils sont allés en Autriche chercher Marie-Louise. Ma mère s'inquiétait de mes activités: des jeux bizarres qui n'avaient rien d'une passade et me coupaient de mes camarades. Elle en a averti l'institutrice et le médecin, qui lui ont conseillé de me laisser tranquille.

Avec mes petits soldats, je cherchais peut-être déjà à séduire mon grand-père, à provoquer son estime. J'espérais probablement tirer ce pauvre héros de sa solitude. Je suis tombée malade, et l'on m'a confisqué la valise aux soldats.

Aujourd'hui, les vieux soldats avec lesquels je joue au café parlent d'une guerre qu'ils ont faite, et rien de ce qu'ils en évoquent ne ressemble aux parades et aux jeux que j'inventais dans mon enfance. Mais c'est une situation étonnante, comme si certains de nos actes avaient eu un sens prémonitoire.

8
Au Chemin des Dames

C'est l'hiver. Mon grand-père ne sort plus que pour se rendre chez Lou en s'aidant d'une canne. Il est faible, tousse beaucoup et ne se soigne pas. Je m'occupe de son chauffage et de ses chats. Le blanc et le noir profitent toujours d'un régime de faveur, les autres se contentent de morceaux de pain trempés dans du lait que je leur sers dans la remise.

Mes parents ont acheté la télévision. Elle trône sur un meuble du salon. Nous y suivons des films, des pièces de théâtre, nous y regardons « La piste aux étoiles ».

Ma mère se sert de la télévision comme d'un aimant qui devrait me retenir auprès d'elle, elle m'en parle comme d'un moyen de connaissance efficace mais je garde de l'affection pour la radio et j'aime lire dans ma chambre.

Maintenant, je me rends chez mon grand-père sans me cacher de personne. On me laisse à peu près tranquille parce que Félicien va mal, mais je ne m'en rends pas compte. Il me semble au contraire que son grand âge le protège contre toutes les menaces. Je m'occupe des poêles de sa chambre et de sa grande salle. Je fais ses courses, je l'oblige en vain à prendre du sirop, à porter une écharpe, et j'ai nettoyé un coin de son jardin où j'ai installé une table et deux chaises. C'est là qu'il prenait le soleil avec ma grand-mère.

Je n'ai plus la possibilité de le rejoindre chez Lou parce que mes parents me l'ont interdit et, dans ce domaine, ils exercent leur surveillance. Il me faut attendre qu'elle se relâche.

En classe, je suis distraite, instable. Mes résultats sont médiocres, même dans les matières où je me croyais *géniale*. Je devrais en avoir honte, je reste indifférente.

J'ai attrapé la grippe et manqué le lycée pendant huit jours. Nathalie m'a aidée à rattraper les leçons.

Mon grand-père a été également malade, ses compagnons se sont occupés de lui. Il n'a pas voulu faire venir le médecin.

Pendant ma convalescence, j'ai lu *Capitaine Conan*, le roman de Roger Vercel. L'histoire se passe pendant la Première Guerre, dans les Balkans, en Bulgarie. Je n'oublierai pas l'étrange voix somnolente de ce personnage ni son regard à l'affût derrière ses paupières mi-closes, ni l'image de sa silhouette trapue et lourde qui, en un éclair, se détend et bondit pour former avec les hommes de son corps franc la bête la plus rusée et féroce qu'ait rencontrée l'adversaire. Mes parents sont incapables de mesurer mon intérêt pour la « face cachée de la guerre », comme dirait mon grand-père.

C'est en mars qu'il m'a fait signe, un jeudi.

Je monte dans sa Deux-Chevaux et nous quittons la ville. Il roule toujours au milieu de la chaussée et ce sont, de part et d'autre de la route, toujours les grands champs. J'imagine que nous nous rendons dans les Ardennes mais, à une bifurcation, nous prenons sur la gauche et pénétrons dans une région que je ne connais pas.

Les blés sortent de terre et la plaine ondule à

perte de vue. Nous sommes bien. Il ne fait pas froid, c'est une journée sans vent. Nous avons du café dans une bouteille Thermos, j'en propose une tasse à mon grand-père. Il s'arrête sur le bas-côté et sort pour se dégourdir les jambes. Nous buvons le café en regardant le paysage vallonné.

Où m'emmène-t-il ? Naturellement, je ne le lui demande pas. Il m'a appris à garder pour moi des questions que chacun pourrait se croire autorisé à poser.

J'ai envie qu'on décapote la voiture mais, à cause de sa bronchite, mon grand-père n'y tient pas. Moi, ça m'aurait bien plu de rouler cheveux au vent. Nous repartons.

Des fermes ont ouvert leur porche sur la rue. Mon regard plonge dans les basses-cours, dans les vergers entourés de haies d'épines. Un troupeau d'oies se déplace dans l'herbe. Elles se dandinent en bavardant.

À un carrefour, mon grand-père me montre les chars d'assaut de la Deuxième Guerre. Et les cimetières militaires se mettent à défiler, cimetières français, américains, allemands et italiens, cimetières de la Première et de la Deuxième Guerre mondiales. Nous quittons la nationale pour une route de vallée. Le paysage change, devient plus sauvage et accidenté.

Nous sommes au Chemin des Dames, dans une campagne ravinée. Ce ne sont que combes et crêtes, épines et ronciers dévalant des pentes raides ; tout à fait autre chose que la grande plaine en contrebas. Ici, la vue porte à des dizaines de kilomètres. Ici, la nature est un peu folle.

Du plateau de Californie, mon grand-père observe les environs :

– Nivelle, Mangin…, me dit-il, tu sais combien ces généraux ont fait de morts ? Et en combien de temps ?

Je ne le sais pas, mais ce n'est pas seulement moi qu'il interroge, ce sont aussi les anciens soldats du front, et les habitants de Craonne et de Craonnelle, et les visiteurs qui, comme nous, se rendent sur les lieux.

– Du 10 avril au 9 mai 1917 a eu lieu l'offensive du Chemin des Dames. Quand je pense qu'il en avait réchappé…

Il vient de faire allusion à son frère.

– Le nombre de morts au Chemin des Dames, m'explique-t-il, ne te dirait rien, c'est chaque homme qui compte.

Oui, ça, je le comprends.

– Tu te représentes les gars, dans les tranchées – il m'indique la plaine –, les gars dans cette espèce de désert, à attendre, avec les Allemands qui sont là-haut, cachés dans les galeries, et qui tiennent le site ? Nivelle leur donne l'ordre de monter à l'assaut, c'est-à-dire de se jeter dans la gueule de l'ogre.

– Oui.

– Nivelle a été jugé et innocenté, on l'a seulement muté. Pétain l'a remplacé. C'est ici que Pétain a commencé à se rendre populaire.

Mon grand-père va sans hâte, s'arrête et tousse.

– Les Allemands avaient repéré l'endroit. Dans les anciennes carrières, ils ont réussi à loger trois de leurs régiments. Tu vois, ces carrières ont servi autrefois à fournir les pierres pour les cathédrales de Reims et de Laon.

Nous avançons à nouveau, lui sur la route, moi sur l'accotement, dans l'herbe.

– C'est beau ici, dis-je.

Mon grand-père approuve.

L'herbe me caresse les chevilles.

– J'y suis, dit-il tout à coup.

Je ne comprends pas ce qu'il veut dire.

Inutile que je lui demande ce qu'il cherche ou croit avoir trouvé. Il se comporte comme lorsque nous avons vu le panneau de la ferme de Navarin. Appuyé sur sa canne, il examine les lieux.

Le lierre et l'épine courent sur le plateau de l'abbaye de Vauclair d'où nous parviennent des odeurs de mousse et de terreau. Mon grand-père me parle de la caverne du Dragon que nous allons visiter.

Elle n'est pas ouverte aux visiteurs mais j'ai le droit d'y descendre avec lui parce qu'il connaît le gardien. Il me laisse parcourir seule les souterrains tortueux sous la hauteur qui constituait l'antre de l'ennemi. Dans l'ombre et la panique, des Français s'y sont entre-tués, ainsi que des Allemands. Il me semble percevoir la présence d'oiseaux monstrueux qui pourraient me frôler de leurs ailes rougeoyantes, et la peur me prend à la gorge. Les galeries sont humides et mal éclairées. Je vois le puits autour duquel les Allemands se lavaient. Je touche la pierre froide des parois, j'avance dans les couloirs suintants et quand j'entends mon grand-père qui parle avec le gardien dans la salle d'exposition, près de l'entrée, je hâte le pas, rassurée.

Je grimpe les escaliers. La lumière du dehors me fait cligner des yeux, elle m'aveugle. Je pousse un profond soupir. J'étais descendue au fond de la nuit, dans les Enfers, je suis remontée vers le jour.

Nous prenons la route qui mène à Craonne et

laissons sur le côté le château où les « dames » se rendaient en carrosse. De sa canne, mon grand-père désigne les grands champs :

– C'est là, vois-tu, me dit-il, que Camille a reçu sa blessure à la face qui lui a valu plus de douze opérations avec une série de complications. Les gueules cassées ne guérissent jamais complètement de leurs blessures. Et faire valoir leurs droits, alors qu'ils ne font pas partie des mutilés, a représenté pour eux un long combat.

Mon grand-père interprète le paysage en fonction de son expérience, de ses connaissances. Sous la surface des choses, lisse ou accidentée, il y a le côté caché, le niveau inférieur, comme dans les parkings modernes : les galeries, les sapes où les soldats ont gravé des inscriptions et que les gens utilisent aujourd'hui comme caves ou champignonnières.

Il évoque *La Chanson de Craonne*, qui dit le désespoir et la révolte des soldats quand ils étaient ici et qu'ils devaient laisser leur peau sur le plateau. Il la connaît par cœur et refuse de me la chanter mais il m'en montrera un jour le texte.

Nous gravissons une pente pour rejoindre le site de l'ancien Craonne. Mon grand-père ramasse des débris de tuile et de pierre. Il parle tout seul. Quand on se trouve dans des endroits pareils, on prospecte ; on cherche des indices et on continue à ne pas comprendre.

Il monte le chemin qui, le long des fourrés, conduit au cimetière abandonné de Craonne, dont les tombes, enfouies sous les broussailles, ont été miraculeusement préservées. Je me débats contre une peur sourde, un sentiment de solitude que le mystère de la région ne fait qu'exacerber.

Assise dans l'herbe, je rêve sous l'édredon du soleil à des baisers, à une chaleur qui me manquent. Je vois les toits rouges du Craonne reconstruit en bas, la route qui descend vers la plaine, les champs immenses et calmes. On dirait qu'une cloison transparente me sépare du paysage. J'attends mon grand-père en fredonnant *Les Poètes*, une chanson de Léo Ferré. À mes pieds, des fourmis tirent de gros fardeaux, se bousculent, et dans leur précipitation respectent cependant un certain ordre. Une abeille s'est posée sur les pétales d'un tussilage. Ça sent l'herbe réchauffée, la sève et le bourgeon. Tout près dans les buissons chante le rossignol et, là-haut, sur le Chemin des Dames lui-même, des jeunes passent à cheval. Ils m'ont saluée d'un joli geste de la main.

Dans la voiture, au retour, mon grand-père me dit :

– Je te donnerai son uniforme.

– Quel uniforme ?

– L'uniforme de mon frère, que l'armée nous a renvoyé en 1918. Et je te donnerai ses médailles. Quand tu seras vieille, tu remettras tout ça à la caverne du Dragon.

Je demande :

– Et pour toi, qu'est-ce que je pourrai faire ?

– Je ne possède plus rien. J'ai tout vendu. La maison elle-même est vendue en viager.

Il se tourne légèrement de mon côté et dit entre ses dents :

– Surtout pas de croix sur ma tombe, je l'ai noté quelque part. Et qu'on me laisse dans la maison jusqu'au bout, quoi qu'il m'arrive.

Nous gardons le silence. Nous approchons de la ville. Je vois au loin les tours de la cathédrale.

– Quant à toi, Lucile, et je constate qu'il se sert de mon prénom pour la première fois, tu seras vigilante, tu ne te laisseras pas duper.

– Oui, mais il y a l'amour, dis-je, tout bas.

– Ça ne dure pas, répond mon grand-père.

– Mais ça existe ?

– Ça ne dure pas, c'est un rêve.

– Un rêve qui compte.

Il hoche la tête en signe de dénégation.

Sa réponse me blesse.

Il a aimé ma grand-mère, « cette très belle femme », il l'a épousée (la suite, on la connaît), et qui sait s'il ne l'aime pas encore ?

Pour lui, mon avenir est décidé. Pour lui, c'est simple : je devrai être une femme lucide, insensible aux attraits de l'amour, ayant pour mission d'éclairer les incohérences, les mensonges et les monstruosités de l'Histoire. Autant dire que, en acceptant de me conformer à ce rôle, je deviendrai à mon tour une victime de l'Histoire, une mouche enfermée dans la fiole empoisonnée.

Je me cale dans mon siège.

Des larmes coulent sur mes joues tandis que le soleil se couche dans une rougeur magnifique.

9
Une question

Nous avons de belles journées.

Les marronniers ont sorti leurs feuilles en l'espace d'un jour, les jonquilles et les forsythias s'épanouissent dans les cours et les jardins, et les premières tulipes se sont ouvertes ; un vrai printemps saturé de parfums et de pétales de fleurs, un printemps de grande douceur qui me fait espérer que mon grand-père va se remettre. Il s'absente de plus en plus souvent. Ses échappées m'intriguent, il ne m'en dit rien et j'en suis jalouse.

Je traverse une période bizarre.

Rien de ce qui se passe à l'école ou dans ma famille ne me touche profondément. Au lycée, on me reproche tantôt mon effacement, tantôt mon insolence. J'ai cessé d'appartenir au peloton de tête. Je fais maintenant partie du peloton de queue.

Mon passage en première semble compromis. Mes résultats ont si nettement chuté que le professeur principal a convoqué mes parents. Mon père s'est débrouillé pour se rendre tout seul à cette convocation.

Je ne me sens pas bien. Je suis fatiguée, irritable. J'envoie promener mon petit frère. Il n'y a qu'auprès de mon grand-père que je respire.

Il se rend au café en voiture. Je m'y rends aussi, le soir, après les cours, plus rarement qu'au premier trimestre mais régulièrement ; et arrivera ce qui arrivera… Le café représente ma vraie famille et les livres sont mes parents adoptifs.

Chez Lou, mon grand-père s'est mis aux guignolets kirsch et se montre de plus en plus impatient. Si ses compagnons ne le comprennent pas, il s'irrite. Chacun se défend alors comme il peut.

– Il n'y a pas de réponse à la folie de la guerre, lui dit Jacques en conclusion de je ne sais quelle remarque.

– Quelle belle phrase ! répond mon grand-père, qui émet un long sifflement. Tu l'as trouvée où ?

– C'est ce que me disait mon lieutenant.

– Ces andouilles de lieutenants, dit mon grand-père, avec leurs idées sur le courage, la témérité, la valeur des hommes et celle de la patrie, ils en ont pris plein la poire.

– Il y avait lieutenant et lieutenant, estime Lucien.

– C'est vrai, dit mon grand-père. Certains, comme mon frère, étaient de bons élèves qui croyaient aux leçons de leurs maîtres et aux vertus républicaines. D'autres étaient des fils de riches qui rêvaient d'aventures extraordinaires. D'autres venaient de familles complètement décadentes et il valait mieux s'en méfier.

Lucien écoute passionnément, comme moi.

Les cheveux de mon grand-père sont humides de sueur. Il s'éponge le front avec son mouchoir.

C'est beau, les verres pleins d'alcools jaunes, mordorés ou grenat ; on dirait des lampions allumés pour une petite fête. Ils ont oublié de me commander à boire. Jacques m'a mise au régime sec.

– Jacques, dit mon grand-père, soyons clairs : dis-moi le fond de ta pensée.

Voilà que la séance recommence.

– Ce qu'il pense, ce qu'il pense..., murmure Camille. Tu t'attends à faire une découverte ? Que veux-tu qu'il te dise de neuf maintenant ?

– Es-tu oui ou non...? demande mon grand-père.

À son tremblement, je devine que la question est importante.

– Je ne te répondrai ni par oui ni par non, le prévient Jacques. Je ne marche plus là-dedans.

– Tu sais ce que je vais te demander?

– À peu près.

– Es-tu oui ou non...

– Plus de questions!

– Si, si. Encore une, et une seule. Aujourd'hui, quelle est ta position: es-tu oui ou non antimilitariste? Il n'y aura pas d'autre question et il n'y a qu'une réponse.

– Je ne répondrai pas.

– Là, tu ne peux pas faire autrement.

– Je n'ai pas de goût pour l'armée, pourtant je ne peux pas te répondre comme tu le souhaites.

– Tu refuses de te prononcer sur cette question?

Lucien et Camille se taisent.

– Qu'est-ce que tu ferais si une guerre comme celle de 14 revenait?

– Ça ne reviendra pas.

– Je pose un «si» et je te demande de répondre.

Jacques se redresse:

– Je ne pourrais pas, non, non. Enfin, tu le sais, Félicien !

– Alors, tu désobéirais ?

– Sans doute.

– Et tu sais ce que ça veut dire ?

– J'en ai une certaine idée.

– Le tourniquet, glisse Camille.

– Je ne peux pas imaginer ça, dit Jacques. Je veux vivre tranquille, aider les uns et les autres, me reposer… et que chaque jour se répète, et qu'on me foute la paix. (Il frappe du poing sur la table.) Nos petites soirées, nos petites nuits, un bon lit chaud… nos petits matins… Prendre du bon temps…

Il est en colère, et il lui en faut beaucoup pour perdre son calme.

– Nos petites soirées, oui… répète Lucien.

– S'amuser un petit coup, dit Camille.

– Plusieurs petits coups, précise Jacques.

Ils rient tous, même mon grand-père.

– Mais, dit Jacques, pour être franc, je serais bien obligé de répondre à l'appel.

– Qu'est-ce que tu racontes ?

– Que pourrais-je faire d'autre ? Je n'aurais malheureusement pas les moyens de m'y dérober.

– Comment ? dit mon grand-père.

– Ne t'étrangle pas, lui conseille Camille.

– Je ne t'impose rien, dit Jacques à Félicien. Que tu y ailles ou n'y ailles pas, tu resterais le même pour moi.

– Oui, c'est bien ça, dit Lucien, la liberté n'existe pas en temps de guerre. Mourir d'une façon ou d'une autre, ce n'est pas la liberté.

– Il y a tout de même une petite différence, objecte mon grand-père.

– La guerre avale toutes les différences, dit Jacques. C'est le rouleau compresseur. C'est une bête hideuse. Et puis il y a les camarades. Je ne sais pas si je pourrais laisser trinquer les copains à ma place.

– Voilà à quoi ont servi les lieutenants pendant la guerre, dit mon grand-père, à souder stupidement les hommes, à leur faire croire à l'union, à la fraternité, à la reconnaissance, à la médaille. Les gars, pour une grande part, ne savaient même pas pourquoi on leur faisait faire la guerre.

– Qu'est-ce que ça aurait changé ?

– Décidément, poursuit mon grand-père, quand ce n'est pas l'amour de la patrie qu'on nous ressort, c'est celui de son prochain. Une belle hypocrisie.

– Ce n'est pas ça, affirme Jacques.

– Et nos petites femmes ? dit Camille. La marraine, la sœur, la fiancée, elles nous ont soutenus de leur mieux, pendant la guerre.

Personne ne rit plus. Mon grand-père a réponse à tout. Et s'il avait raison ? Entièrement raison ? Je regarde la couleur chatoyante de leurs guignolets kirsch. Je n'aime pas les entendre se disputer.

– Elles t'ont envoyé des petits colis, tes petites femmes, et des lettres que tu n'avais pas toujours la force de lire jusqu'au bout parce que… demain… c'est tellement loin… Et à la guerre, continue mon grand-père, on n'ose plus dire « Je t'aime », ça pourrait porter malheur. Mais tu leur répondais quand même, et tu leur disais que ça n'allait pas trop mal, que tu n'étais pas trop exposé… Et un jour, tu ne leur as plus écrit que deux ou trois lignes…

– Pourtant, dit Camille, c'est grâce à la guerre que tu as trouvé ta femme. Pendant que tu la rencontrais, moi je perdais la mienne.

– Je vais vous laisser, dit Jacques.

– Un rendez-vous d'amour ? lui demande Camille.

Mon grand-père tousse, suffoque puis retrouve péniblement son souffle.

– Vous êtes bizarres, ce soir, dis-je.

Je me sens solidaire de mon grand-père mais je l'ai presque détesté pendant plusieurs minutes. Il se décharge sur Jacques de tout ce qui le tourmente. Automatiquement, c'est Jacques qui encaisse pour tout ce qui fonctionne à l'envers sur cette maudite planète.

Je prends la parole. Je lui demande :

– Alors, si j'ai bien compris, toi, pour ne plus y aller, tu mettrais fin à tes jours ?

– Je détruirais mon ordre de mobilisation.

– Et après ?

– Je les attendrais.

– Ils viendront.

– D'abord ils m'emmèneront, puis ils me présenteront l'uniforme que je refuserai.

– Tu ne chercheras pas à te cacher ?

– Il n'y a eu que les Gitans pour ne pas avoir été rattrapés quand ils désertaient.

– Tu aurais donc ce courage.

Il me jette un regard noir.

– Elle n'a pas tort, dit Jacques.

Mon grand-père s'est levé, Camille l'oblige à se rasseoir. Lucien commande une autre tournée et Jacques demande qu'on y ajoute une grenadine.

– Alors, dit mon grand-père, il n'y en a pas un parmi vous qui…

– J'ai parlé pour moi uniquement, dit Jacques.

Les boissons arrivent. Nous nous raccrochons au sourire de Lou, qui dépose devant chacun le verre attendu. Naturellement, la grenadine est pour moi.

– Et toi, Lucien ? demande mon grand-père.

– Ils m'ont pris une patte, pas question qu'ils prennent le reste du bonhomme.

– Oui, dit Jacques.

Il a bien répondu, me dis-je. Mon grand-père a l'air de partager mon point de vue.

– Mais… sans planque et sans pognon, qu'est-ce que tu ferais ? lui demande-t-il encore.

– Je ne sais pas quoi te répondre. Ça se déciderait le moment venu.

– Le moment venu, tu y vas, dit mon grand-père.

– Tu me fiches la trouille, lui répond Lucien.

– Fichus trouillards…

– Regardez, dit Jacques, la nuit est tombée, le café s'allume. Il fait bon ici, non ?

– Oui, avoue Lucien.

– C'est sûr qu'on ne t'aidera pas à faire ton bouquin, dit Camille à mon grand-père.

– Je ne vous demande plus rien! répond mon grand-père. C'était une blague. Mais qu'est-ce qu'on fait ici tous ensemble si vous me donnez tort?

Il y a un silence. C'est Lucien qui le brise:

– Les questions, ça va quand on est jeune. Hein, la star? Qu'est-ce que tu fais, toi, à côté de tous ces vieux à moitié sonnés? Tu t'instruis ou tu te planques?

Je dis:

– Nos verres… on dirait des lampions.

– Tu t'amuses? me demande Jacques.

– Je respire.

– Peut-être que ça lui plaît de nous écouter, dit Lucien. Les familles d'aujourd'hui sont tellement tristounettes. Elles se modernisent.

– Des nouilles, dit mon grand-père.

Brusquement, après un silence que personne, cette fois-ci, n'a essayé de briser, il déclare, regardant par-dessus la tête des gens:

– J'aurai été tout seul.

– Il ne faut pas sans arrêt chercher la petite bête, lui rétorque Camille.

– Eh bien, voilà… dit mon grand-père en se levant, voilà.

D'abord ils ont cru qu'il se rendait aux cabinets,

mais, quand il a enfilé sa canadienne et l'a tant bien que mal boutonnée, ils l'ont interrogé du regard.

Camille s'est levé à son tour :

– Tu prends congé ? Tu te sens patraque ? Ce n'est pas de la colère ? Il n'y a pas de raison ?

– Ce n'est rien, ça va très bien, dit mon grand-père, et il se tient un instant devant le calendrier.

Puis ses mains s'approchent de la table en tremblant. Je crains qu'elles n'attrapent les verres et ne les envoient se fracasser contre le mur, mais elles continuent à s'agiter au-dessus de la table, comme de vieilles bêtes sans défense, nues et fripées et détachées du corps de mon grand-père, et tout cela me trouble profondément.

Il traîne les pieds et s'éloigne en m'ignorant. Son verre sur la table est à moitié plein.

Personne ne dit un mot.

Jacques enfile son gant noir et me fait signe de rejoindre mon grand-père. Bien que je n'aie pas envie de bouger, je comprends qu'il le faut.

Les trois hommes complètement désarçonnés restent chez Lou pour discuter de leur prochain rendez-vous. En m'éloignant, j'entends Camille dire que Félicien n'avait pas l'air d'aller fort.

10

Il n'aurait pas fallu...

Mon grand-père est au volant de sa voiture. Je monte à côté de lui. Je vois qu'il n'a pas envie de se mettre en colère contre moi, je vois que ça se passe en lui ; ça pourrait s'éteindre bientôt. Il suffit d'attendre, mais ça pourrait être plus profond qu'une colère, plus grave. Je ne crois pas qu'il ait jamais quitté le café sans les autres ; c'est un véritable coup d'État.

Nous restons à l'intérieur de la Deux-Chevaux stationnée sur le parking derrière le café. Un petit rire nerveux m'échappe et je me mords les lèvres.

– Eh oui, dit mon grand-père, de leur part à eux, je ne m'y attendais pas.

La voiture démarre enfin. Nous nous engageons dans une rue étroite.

Je dis :

– C'est comme ça depuis qu'il y a des hommes

– Je suis un vieux nigaud.

– Une cruche ?

– Oui.

– Comme moi, alors.

– Peut-être.

On roule sur des pavés derrière l'hôtel de ville.

– Tu les comprends, toi ?

– Non, dis-je.

Mais ce n'est pas exact : il m'arrive de comprendre Jacques.

– On a toujours affaire aux mêmes rengaines. Tu imagines comment les grands discours peuvent agir sur un pays et le retourner comme une crêpe ?

– Tu aurais préféré qu'ils mentent.

– Ils ont parlé comme ils le devaient. Au moins, ils n'ont pas joué la comédie.

Il commence à pleuvoir. La voiture avance comme un escargot. J'ai hâte de rentrer.

– L'ennemi est dans l'homme, dit mon grand-père, tu m'entends ?

– Oui.

– Dans le cœur de l'homme. Et quand tu n'abrites pas cette bête en toi, tu n'es plus qu'un misérable idiot.

– Mais lorsqu'on a sa peau à sauver?

– Si tu défends ta peau, tu défends la bête. Tu n'es pas d'accord?

Il tape sur son volant pour précipiter ma réponse, tape de plus en plus fort.

Je dis oui de peur qu'il ne lâche le volant, mais je pense que je ne voudrais pas mourir, que je tiens à la vie, comme Jacques, comme Camille et Lucien, et comme mes camarades de classe. Et je pense aussi que je ne veux pas de la guerre, elles déclenchent toutes des atrocités.

Nous voici dans la remise. La pluie tombe fort. Mon grand-père a ouvert sa portière. Ça sent la terre arrosée, la poussière âcre et tiède.

Il dit:

– Camille n'en a pas loupé une.

– Tu l'intimides.

– Camille n'a pas froid aux yeux. Je ne l'avais jamais vu aussi acharné. Il me voulait du mal.

Mon grand-père semble réfléchir. Il dit à voix basse:

– Mon frère lui-même est tombé dans le panneau, ce n'était pourtant pas un imbécile. Tu as ses yeux.

Je suis stupéfaite.

– Jacques t'intéresse, n'est-ce pas ? me lance-t-il alors que nous nous dirigeons vers sa maison.

Mon visage s'est empourpré.

– Il est assez sympathique, dis-je, en feignant l'indifférence.

– C'est un garçon qui joue au sentimental. Il en a fait rêver et languir quelques-unes.

Quand nous sommes dans sa grande salle, il me demande de l'attendre.

Il s'est enfermé dans la chambre. Je l'entends qui ouvre l'armoire puis un tiroir de la commode. Il remue des objets.

Je n'entends plus rien. Je suis inquiète. J'ouvre la porte de sa chambre : il est assis au bord du lit, blême, les yeux rivés au plancher. À ses pieds, une mallette en aluminium.

Je m'approche de la mallette.

– On est quel jour ? me demande-t-il.

Il l'a vu tout à l'heure au café sur le calendrier.

Je lui dis le jour que nous sommes.

– Non… la date.

Je lui dis la date : nous sommes le 10 mai 1965.

– Hein ? Ça fait un bon bout de temps déjà…, marmonne-t-il.

– Tu prépares ta valise ?

Je ne comprends pas pourquoi cette mallette poussiéreuse se trouve par terre.

Il ne me répond pas.

– Tu veux aller quelque part ?

Je remarque, accroché au-dessus du chiffonnier, le portrait de ma grand-mère telle qu'il l'a rencontrée avant que la guerre ne creuse entre eux sa tranchée infranchissable. Ses cheveux châtain clair ondulent ; elle a autour de vingt ans, un beau visage aux traits réguliers, et elle regarde fixement devant elle avec un air doux, un peu résigné.

Je répète ma question.

Il me fait signe que non.

Je regarde encore ma grand-mère, une jeune fille pieuse. Est-ce que mon grand-père avait la foi avant la guerre ? En tout cas, avant la guerre, il se rendait rarement au café ; ma grand-mère me l'a dit. Elle m'a dit également qu'on donnait de l'eau-de-vie aux hommes avant de les faire aller au combat.

Il est trop faible pour parvenir à se lever. Je lui sers une petite mirabelle et l'aide à tenir le verre. Quelques gouttes tombent sur la mallette.

Est-ce qu'il ne désire pas se rendre chez quelqu'un ?

Non.

Chez Lucien ou Camille ?

Non.

Je devrais peut-être appeler le médecin ?

Non.

Il n'a pas l'air fâché contre moi. Il se lève enfin péniblement et se tient au mur comme un vieillard. Je vois qu'il flotte dans ses habits ; il a beaucoup changé.

– Prends ça, me dit-il en désignant la petite valise en aluminium.

Je la prends.

– Je te la dépose où ?

– Tu l'emmènes et tu la planques.

J'ai deviné ce qu'elle contient, je viens d'apercevoir les médailles sur le marbre de la commode.

Je dis :

– L'uniforme.

– Et prends aussi ça.

Je prends la croix de guerre et la médaille de la légion d'honneur de son frère qu'il a reçue à titre posthume.

– Cent vingt années après la naissance de mon

frère, tu auras le droit de faire ouvrir son dossier par le Service historique de l'armée de terre. En 2007, tu seras sans doute encore là…

Ces voyages dans le temps, ces échéances à long terme, ces promesses auxquelles je consens cependant de bon cœur me gênent de plus en plus.

Mon cœur bat à grands coups ; mes lèvres, ma bouche sont sèches.

Il se laisse tomber au bord du lit. J'ai l'impression que nous sommes tous les deux enfermés à l'intérieur d'une boîte avec un essaim d'insectes.

– J'appelle quelqu'un ?

– Non.

Il essaie d'ouvrir son lit. Je l'aide à s'y allonger tout habillé. Il réclame sa canadienne et je lui en couvre les épaules.

– Je vais me reposer.

– Je t'allume la radio ?

– Non. Tu peux partir maintenant.

Il est assis dans le lit, calé dans ses oreillers. Je lui apporte une carafe d'eau et un paquet de biscuits.

– Il me faudrait de quoi fumer.

– Oui.

– J'ai été un imbécile, dit-il. J'ai toujours entendu autre chose que ce qu'on me disait.

– Je ne crois pas.

– Quand tu vois un diamant là où il y a une punaise…

Il fronce les sourcils et du doigt semble me désigner une présence au fond de la pièce. Je me retourne, je ne remarque rien.

J'ai peur.

– Pour sauver ta peau, dit-il, tu peux faire sombrer toute la planète et faire partie du naufrage…

Je pense aux périples que nous avons faits ensemble et je vois soudain, dans un autre cadre accroché au-dessus de la commode, son portrait. Il date d'avant la Première Guerre mondiale : cheveux noirs rejetés en arrière, front dégagé, pommettes saillantes, moustache fournie, sourire intelligent, une grande force dans le regard et les épaules. Aujourd'hui il est maigre, ridé et malade, mais il ne capitule pas.

Je m'écarte du lit.

– Je pourrais quand même prévenir quelqu'un.

– Ne t'y avise pas.

– Tu ne peux pas rester comme ça.

– Je suis très bien.

Et, comme je ne bouge pas, il me montre la porte.

– Ne laisse pas les chats entrer.
– À demain, dis-je.
– Il n'aurait pas fallu…, murmure-t-il.
J'attends. Il ferme les yeux.
– Qu'est-ce que tu as dit ?
– Va-t'en ! m'ordonne-t-il.
Je pars, je m'enfuis avec la mallette.

Je m'endors très tard, mon sommeil est agité. Je sursaute entre mes draps. À l'aube, je fais un cauchemar et me réveille en criant. C'est à cause de la mallette en aluminium qui se trouve sous mon lit. Je ne veux pas raconter ce rêve.

11
Des roses et du muguet

Mon père l'a trouvé le lendemain matin, 11 mai, derrière la fenêtre, allongé sur le pavé de sa grande salle. Il avait réussi à se traîner jusque-là pour demander de l'aide, un rideau s'était décroché de la fenêtre. On n'avait rien entendu. Le chat blanc et le chat noir miaulaient désespérément sur la marche de la maison, comme s'ils pleuraient mon grand-père. Les autres s'étaient regroupés dans la remise sous la voiture.

On a couché mon grand-père dans le lit de sa chambre, puis le médecin est venu constater le décès. J'avais la gorge nouée, je ne pleurais pas. J'ai vu mon grand-père mort. Il avait l'air détendu, il souriait presque. J'ai déposé un baiser sur son front et j'ai touché sa main froide et je lui ai parlé tout bas ; je lui ai dit que nous avions passé une année extraordinaire et que nous étions liés par des secrets qui me donnaient des forces. Je lui ai dit que j'écrirais son livre. Et savait-on jamais ? Il ne m'avait pas demandé cela, pourtant j'ai eu besoin de le lui dire, de le lui promettre. Je pensais qu'il m'entendait, que son âme était là, tout près de moi dans la chambre où flottait une douceur infinie.

Je l'aimais. On ne devait pas avoir peur des morts. Je n'avais pas du tout peur de mon grand-père mort. Il vivait toujours, il vivrait toujours.

Mais, quand on l'a mis en terre, un sentiment d'horreur et de culpabilité m'a empoignée. Voilà ce qu'on fait des hommes, ce qu'on fait de chacun de nous, me suis-je dit. Je laisse faire ça, tout le monde laisse faire. C'était comme une trahison universellement consentie. Il ne verrait plus la lumière du jour, ni les lampes qui s'allument chez Lou. Les tombes étaient des cachots inventés par les vivants pour faire disparaître les morts.

J'ai pensé à son frère. J'aurais voulu pouvoir faire quelque chose pour les deux frères, tout de suite. Et j'aurais voulu aussi recevoir en souvenir la canadienne de mon grand-père ; j'imaginais même que je pourrais la porter.

Il n'y a pas eu de cérémonie religieuse.

Sur la dalle, on ferait graver son nom avec sa date de naissance et de mort. Pas de croix, ni de plaques à sa mémoire mais des roses et quelques brins de muguet. Il faisait soleil. Lucien, Jacques et Camille étaient là. Jacques a fait un petit discours dont j'ai tout oublié parce que j'étais sous le choc de l'enterrement.

Un peu à l'écart de la tombe, deux femmes se soutenaient, c'étaient ma grand-mère et sa sœur que je suis allée embrasser après la mise en terre de mon grand-père. Ma grand-mère portait un chapeau à voilette. Elle m'a prise par le poignet qu'elle a serré avec tendresse. Elle m'a longtemps examinée ; ses lèvres tremblaient, son visage était crispé. Nous n'avons pas parlé ; je me rappelais ce que mon grand-père m'avait dit au sujet de leur mariage, de leur jeunesse. J'avais le cœur lourd et il y avait aussi un grand froid en moi. Je me suis éloignée et elles ont chuchoté entre elles. Les gens ne se décidaient pas à quitter le cimetière.

Une femme m'a dit à l'occasion des condoléances que je ressemblais à mon grand-père Félicien, qui avait de l'affection pour moi. Parole de réconfort ou vérité qui nous échappe au dernier moment ? Je n'imaginais pas mon grand-père capable de s'épancher, ou bien cette femme tenait-elle ses renseignements de Jacques ?

Et maintenant je n'en saurai jamais plus. Mais il y a tout ce qu'il m'a transmis.

12
La place vide

Trois semaines ont passé quand je m'aventure chez Lou après ma journée au lycée. Le couloir... La salle de bistrot... Les lampes ne sont pas allumées. Il fait grand jour. Nous sommes en juin ; nous allons vers l'été, vers les vacances.

Ils occupent la même table, et Lou m'accueille avec le même sourire. Un gros bouquet de roses trône sur le bar. C'est étrange, il me semble ça se passe dans un autre monde ; il me semble que je rêve. Je reste dans l'allée sans oser faire un pas de plus.

On dirait que le corps qu'ils constituaient tous les quatre a perdu un de ses membres.

Ils me disent bonjour, ne m'appellent plus « la star » mais Lucile.

Ils disent que je n'aurai plus besoin de manger de soupe parce que j'ai grandi, ce qui est faux. Ils disent que j'ai maigri, ce qui est vrai. J'ai le sentiment de n'être plus la même à leurs yeux, d'avoir passé un seuil.

Lucien dit que je suis une belle jeune fille et me félicite sans raison.

Puis le silence autour de Félicien se rompt :

– C'est trop bête, si on s'attendait à ça.

– Il nous a fait une sacrée farce en partant si vite.

– Ton grand-père était quelqu'un. C'était une personnalité.

– Un personnage !

J'entends beaucoup de compliments à son sujet : il était franc et généreux, il avait fait toutes sortes de boulots après avoir quitté son métier de maître d'école et même tenu des rubriques dans deux journaux. Oui, il lui arrivait de s'emporter facilement mais il n'était pas méchant, au contraire ; il était lucide, très lucide et très fier ; jamais son cerveau ne se reposait et on avait parfois du mal à le suivre...

Jacques me regarde attentivement.

Moi, je ne peux m'empêcher de regarder la place vide sur la banquette.

Je sais qu'il est là.

Mon grand-père est là, je le sens. Je discerne sa silhouette, je crois voir ses yeux, sa moustache.

Il va parler, nous faire une de ses déclarations, il est sur le point de s'expliquer.

Il va peut-être me préciser ce qu'il a voulu dire avec ses dernières paroles qui me reviennent souvent à l'esprit et que j'interroge en vain. « Il n'aurait pas fallu… » Trouverai-je un jour la réponse ? J'ai sa voix au fond de mon oreille, lointaine, mystérieuse.

Oui, j'ai eu raison de briser la glace qu'il y avait entre nous, raison de lui écrire toutes ces lettres parce qu'il m'en a accusé réception à sa façon en m'invitant à monter dans sa voiture pour me montrer les cimetières militaires et les anciens champs de bataille, et en me confiant la mallette.

C'est maintenant, à cause de la place vide sur la banquette, que j'ai envie de pleurer.

Je ne peux pas m'attarder chez Lou. Je dis qu'il faut que je parte. Ils comprennent, ils ne me retiennent pas. J'aurais aimé qu'ils me retiennent un peu.

Je m'approche d'eux. Je leur tends la main, ils m'embrassent tous les trois.

C'est un adieu, je le sais bien.

Jacques me souhaite bonne chance en me serrant contre lui ; alors je fonds en larmes.

Je n'éprouve plus d'angoisse, seulement une vraie peine ; nous passons si longtemps les uns à côté des autres. Car il faut que je l'avoue : j'ai connu mon grand-père trop tard et il va me manquer. Mais si le temps ne nous avait pas été compté, aurions-nous vécu ensemble des aventures aussi intenses ? Je me console en m'imaginant que je l'ai peut-être délivré de quelque chose.

Les trois compagnons de route de mon grand-père ont l'air désemparés et cherchent comme ils le peuvent à me dissimuler leur tristesse.

Jacques me souhaite tout le bien possible : « Un bel avenir, tel que tu le mérites. »

Un silence, et il dit :

– Il était content de toi.

Je le remercie.

– Oui, dit Lucien, le mieux, c'est que tu vives ta vie. Voilà ce qu'il voulait.

Il le voulait d'autant plus que, à cause de la guerre, il n'avait pas réussi à vivre la sienne, mais au moins il avait défendu ses idées et c'était ça le plus important.

Il le voulait et m'en empêchait. Pendant ses crises, il m'obligeait à lui ressembler et à vivre sa vie à lui, ce qui m'avait amenée à voir le monde autrement, ou, plutôt à «voir la terre autrement», comme il disait.

Je n'ai pas fait une bonne année scolaire, je me suis souvent ennuyée pendant les cours ; j'ai récolté de nombreuses punitions, mais le professeur principal a rassuré mes parents : je passerai tout de même dans la classe supérieure.

J'annonce la nouvelle aux trois hommes. Ils s'en réjouissent et me félicitent à nouveau. Naturellement, ils disent que j'ai de qui tenir.

Je passe en première «au ras des fesses», comme Nathalie me l'a dit en rigolant, mais l'essentiel n'est-il pas de passer ? Ça ne m'aurait servi à rien de redoubler. «Patience !, m'a dit Nathalie. Quand tu seras en fac, tu n'étudieras plus que les matières que tu aimes.» Peut-être. Mais ce n'est pas demain la veille. Elle est sympathique, Nathalie. Elle m'a remonté le moral tout au long de l'année. Quant à Michaël, il s'est trouvé une nouvelle amie. Il affiche un petit air gêné quand on se croise à la sortie des cours, ce qui ne l'empêche pas de se montrer avec sa jolie blonde. Je ne suis plus amoureuse de lui. Il est trop ordinaire. Banal, c'est cela.

Qu'il s'affiche !
Je m'en fiche !

Il est banal.
Pas du tout original.
Moyen, trop moyen.
Rien de très-très bien.
Ni beau ni laid,
Ni triste ni gai…
Pas assez fou,
Il passe partout…

Je suis faite pour des rencontres plus intéressantes. Là, mes parents diraient que je pèche par orgueil et que j'ai subi l'influence de mon grand-père. Je m'en fiche également. Je n'ai rien subi : j'ai choisi.

Jacques sent l'eau de toilette. Peut-être que je pleure la fin de mon enfance. Et qu'est-ce que l'enfance ? Qu'est-ce que l'adolescence ? Et l'âge adulte ? Je ne veux pas le savoir, on m'a trop souvent tourmentée avec ces questions. D'ailleurs, ceux qui me les posaient n'auraient pas su y répondre. Ce qui m'importe, c'est de garder jusqu'à mon dernier jour la mémoire des personnes que j'ai aimées ou qui m'ont attirée pour des raisons qui ne sont pas faciles à expliquer. « Mon dernier jour… » La vie est-elle un cadeau du ciel, ou un fardeau ? Mon grand-père aurait trouvé une réponse, mais ma question l'aurait fait rire, ou ricaner. Lui, il a été pour moi un cadeau.

– Allez, dit Camille, ne te ronge pas les sangs. Reste jeune, comme Félicien, et comme nous tous.

– Tu as son énergie, ça se voit au premier coup d'œil, dit Lucien.

Je ne demande qu'à les croire. Et puis, oui, je les crois. Ils m'ont réconfortée.

Les vieux copains de mon grand-père ont l'esprit plus souple que mes professeurs et j'ai davantage appris auprès d'eux cette année, chez Lou, que partout ailleurs ; j'ai appris l'humour et cultivé le secret, j'a appris la vie, et la guerre, j'ai appris les grandes choses du passé, les petites choses du présent, et j'ai appris l'amitié qui n'a pas d'âge.

Je ris et pleure en même temps. Lucien me regarde en hochant la tête et Lou apporte les consommations qu'ils ont commandées. Jacques a retrouvé sa place à la table, je n'ai plus qu'à m'en aller.

Commencé en 2000, achevé fin 2005, ce roman m'a amenée à écrire entre-temps Paysages de l'insomnie *(éditions Climats).*

Reims, automne 2005.

Sommaire